Collection dirigée par Glenn Tavennec

L'AUTEUR

Née en 1981 en Caroline du Sud, Kiera Cass est une auteure comblée. Grande fan de littérature jeunes adultes, elle vit un réel conte de fées depuis que son éditrice chez HarperCollins est tombée amoureuse de sa trilogie dystopique : *La Sélection.*

La trilogie *La Sélection* :
Tome 1 : *La Sélection*
Tome 2 : *L'Élite*
Tome 3 : *L'Élue*

KIERA CASS

LA SÉLECTION

HISTOIRES SECRÈTES

LE PRINCE & LE GARDE

nouvelles

traduit de l'anglais (États-Unis)
par Madeleine Nasalik et Cécile Ardilly

R

Titre original : THE SELECTION STORIES : THE PRINCE AND THE GUARD

ISBN 978-2-221-14558-6
ISSN 2258-2932
(édition originale : ISBN : 978-0-062-31832-9, HarperCollins Children's Books, a division of HarperCollins Publishers Ltd., New York)

SOMMAIRE

LE PRINCE

traduit de l'anglais (États-Unis)
par Madeleine Nasalik

1.

Je fais les cent pas, tentant d'évacuer la nervosité qui me paralyse. À l'époque où la Sélection n'était qu'un point à l'horizon – une perspective lointaine –, cela m'électrisait. Mais aujourd'hui ? Aujourd'hui, je ne sais plus. Je ne sais plus où j'en suis.

Le recensement a été effectué, les données sont épluchées par nos meilleurs analystes. Le personnel a été assigné à ses nouvelles tâches, les couturières travaillent sans relâche, les chambres attendent leurs nouvelles occupantes. Le palais est en ébullition.

Pour les prétendantes, la Sélection a démarré une fois rempli le formulaire de candidature – et nous allons recevoir des dizaines de milliers de formulaires. Pour moi, elle commence dès ce soir.

Car ce soir, je fête mes dix-neuf ans. Et, à dix-neuf ans, j'entre dans le club des célibataires hautement convoités.

Je rajuste ma cravate dans le miroir. Ce soir, des millions d'yeux vont être posés sur moi, et je dois me montrer digne de mon rang. Convaincu par l'image que me renvoie la glace, je quitte ma chambre et gagne le bureau de mon père, saluant de la tête conseillers et gardes lorsque je les croise dans le couloir. Difficile d'imaginer que, dans moins de quinze jours, cet endroit sera envahi par des hordes de jeunes filles surexcitées. Je frappe à la porte avec énergie, comme me l'a ordonné Père. Tout lui sert de prétexte pour me faire la leçon.

Frappe à la porte avec fermeté, Maxon.

Arrête de tourner comme un hamster en cage, Maxon.

Sois plus rapide, plus malin, plus habile, Maxon.

— Entrez.

J'ouvre la porte, et mon père détache un instant son regard de la glace pour me toiser.

— Ah, te voilà enfin. Ta mère ne va pas tarder. Prêt ?

— Prêt.

Que répondre d'autre ? Père s'approche de moi et dépose un petit paquet sur son bureau.

— Joyeux anniversaire.

Ôtant le papier argenté, je découvre un écrin de couleur noire. À l'intérieur, des boutons de manchette. Père doit être trop absorbé par sa fonction pour se souvenir qu'il m'a offert des boutons de manchette à Noël. Peut-être est-ce un rite de passage ? Moi aussi, peut-être, un jour, j'offrirai le même cadeau deux fois de suite à mon propre fils. Pour cela, il faut d'abord que je prenne femme.

Ma femme. Je fais rouler ces mots sur ma langue sans oser les prononcer à voix haute. Ils ne font pas encore partie de mon vocabulaire.

— Merci, Père. Je vais les mettre tout de suite.

— Il faut que tu sois irréprochable, ce soir. La Sélection va occuper tous les esprits.

— Le mien aussi, dis-je avec un sourire contraint tout en fixant mes boutons de manchette.

J'hésite un instant à lui confier mes doutes, mes interrogations. Père a traversé la même épreuve, après tout, en son temps. Lui aussi a dû douter, se poser des questions.

— Ne pars pas défaitiste, Maxon. C'est censé être une expérience exaltante.

— J'en ai pleinement conscience, Père. Ce qui me frappe, c'est la rapidité avec laquelle tout cela me tombe dessus.

— De quelle rapidité parles-tu ? ricane mon père. Voilà des années que j'œuvre en sous-main pour que tout se déroule sans accroc.

— En sous-main ? Que voulez-vous dire ?

C'est à cet instant que la porte s'ouvre pour laisser entrer ma mère. Père lui présente un visage rayonnant.

— Amberly, vous êtes resplendissante.

Mère lui offre l'un de ces sourires dont elle a le secret, entre fierté et modestie, puis elle l'enlace.

— Pas au point de vous aveugler, j'espère. Je ne suis pas la tête d'affiche ce soir.

Elle se détache de Père et me serre contre elle.

— Bon anniversaire, cher enfant.

— Merci, Mère.

— Pour ce qui est de ton cadeau, il va falloir être patient. Tout le monde est prêt ?

— Il semblerait, oui.

Père lui présente son bras, elle l'accepte. Je leur emboîte le pas, marchant dans leur ombre. Comme d'habitude.

— L'attente sera encore longue, Votre Altesse ? demande un journaliste.

Sous les lumières des projecteurs, je sue à grosses gouttes.

— Le tirage au sort est effectué ce vendredi, les Sélectionnées arriveront au palais le vendredi suivant.

— Nerveux, Votre Altesse ? s'enquiert une voix que je ne reconnais pas.

— À l'idée d'épouser une jeune fille qui m'est totalement étrangère ? Vous me connaissez mal.

J'adresse un clin d'œil au vide et entends s'esclaffer des personnes que je n'arrive pas à distinguer.

— Cela ne vous angoisse pas du tout ?

— Pas le moins du monde.

— Nous savons que vous ferez le bon choix, Altesse.

Le flash d'un appareil photo m'aveugle.

— Par ici, Altesse ! Par ici !

— Ne parlez pas trop vite. Une jeune femme qui accepterait de partager sa vie avec moi ne saurait être tout à fait saine d'esprit.

Nouveaux éclats de rire. Le moment me paraît idéal pour tirer ma révérence. Je préfère conclure mes conférences de presse sur une note d'humour.

— Pardonnez-moi, messieurs les journalistes, des proches sont venus nous rendre visite et je ne voudrais pas leur paraître impoli.

Tournant le dos aux caméras et aux micros, je prends une profonde inspiration. Voici le début d'une soirée qui promet d'être catastrophique.

Je parcours la Salle d'Apparat d'un regard circulaire, admirant les tables du banquet recouvertes de nappes bleu nuit, les lustres qui brillent de mille feux... Aucun moyen de m'échapper. Les invités d'un côté, de l'autre des journalistes en embuscade. Ce n'est pas ce soir que je vais pouvoir jouir d'un minimum de tranquillité. Même si cette fête est donnée en mon honneur, personne ne m'a consulté.

À peine ai-je réussi à me dégager des griffes des journalistes que le bras de mon père s'abat sur mes épaules. Je me raidis.

— Souris, m'ordonne-t-il en marmonnant, et j'affiche mon plus beau sourire tandis qu'il salue des invités éminents.

Mon regard croise celui de Daphné, qui a traversé l'océan en compagnie de son père, le roi de France. Le hasard a voulu que mon anniversaire coïncide avec la signature d'un traité commercial entre nos deux pays. Nos chemins se sont croisés régulièrement ces dernières années, et c'est sans aucun doute la seule personne, en dehors des membres de ma famille, que je considère comme proche. Cela me fait immensément plaisir de voir un visage familier.

Je la salue d'un geste, elle lève sa coupe de champagne.

— Mets tes sarcasmes en sourdine quand tu réponds aux journalistes, ajoute Père entre ses dents. Tu es prince. Comporte-toi en prince.

Sa main me broie littéralement l'épaule.

— Désolé, Père. C'est une fête, et je me suis dit…

— Réfléchis avant de parler. Et j'espère qu'avant l'enregistrement du *Bulletin*, tu auras recouvré ton sérieux.

— Ne vous inquiétez pas, Père. Je me suis oublié un instant. Ça n'arrivera plus.

Il me lâche l'épaule et porte sa coupe à ses lèvres.

— Cela t'arrive un peu trop fréquemment…

Je jette un regard agacé à Daphné et lève les yeux au plafond, ce qui la fait rire, car elle connaît par cœur ce que j'éprouve en ce moment même. Père suit mon regard.

— Toujours aussi charmante, cette Daphné, lance-t-il. Dommage qu'elle n'ait pas le droit de participer au tirage au sort.

— Charmante, c'est le mot. Mais elle m'a toujours laissé indifférent.

— Tant mieux. Tu aurais fait preuve d'une stupidité sans nom, comme à ton habitude.

Je fais mine d'ignorer sa critique.

— De plus, il me tarde de rencontrer les Sélectionnées.

— Il est grand temps que tu prennes des décisions, Maxon. Sans commettre d'erreurs. Tu dois me trouver un peu trop sévère, mais il convient que tu saisisses l'importance de ta position.

Je réprime un soupir. *J'ai bien essayé de faire des choix, Père. C'est juste que vous ne me faites pas confiance.*

— Vous vous faites trop de souci, Père. Je prends la Sélection très au sérieux.

— Cela implique plus que de trouver une épouse avec laquelle tu aies des affinités. Beaucoup plus. Toi et Daphné, par exemple. Vous êtes très amis, mais ce serait un formidable gâchis.

À nouveau, je me compose un masque. Rendu mal à l'aise par la tournure que prend la conversation, je fourre mes mains dans mes poches.

— Je vais saluer les invités.

D'un geste, Père me congédie, concentré sur son verre, et je lui fausse compagnie. J'ai beau réfléchir, je ne comprends pas où il veut en venir. Il n'a rien à gagner à manquer de respect à Daphné, comme il l'a fait, alors qu'elle ne participe pas à la Sélection.

La fête bat son plein. Certains invités me confient qu'Illeá attend l'arrivée d'une nouvelle princesse avec impatience… Leur énergie déferle sur moi à la façon d'un raz-de-marée qui menace de m'engloutir.

Je distribue les poignées de main et j'accepte des cadeaux superflus, je pose quelques questions, en toute discrétion, à un photographe qui utilise un objectif qui m'intrigue et je donne l'accolade à des cousins, des amis, de parfaits étrangers.

Enfin, me voici seul un instant. Mon regard trouve à nouveau Daphné, qui entreprend de se frayer un chemin parmi les convives pour me rejoindre. J'aurais aimé bavarder quelques instants avec elle, mais cela va devoir attendre.

— Tu t'amuses bien ? me demande ma mère en se plantant devant moi.

Elle défroisse les pans de ma veste avec un doux sourire.

— Est-ce que je donne l'impression de m'amuser ?

— Oui.

— C'est tout ce qui compte.

— Viens avec moi une petite seconde.

Je lui offre mon bras, qu'elle accepte volontiers, et nous quittons la salle sous le crépitement des flashs.

— Peut-on prévoir quelque chose de plus modeste l'année prochaine, Mère ?

— Ne te fais pas trop d'illusions. À ce moment-là, tu seras certainement marié. Ton épouse réclamera sûrement une fête fastueuse pour votre première année de vie commune.

— Rien ne dit qu'elle ne préférera pas quelque chose de plus modeste.

— Permets-moi de te contredire, mon cœur, mais une jeune femme qui se porte candidate à la Sélection cherche à échapper à la modestie de son quotidien.

— C'est ce qui t'a poussée à y participer, toi aussi ?

Elle se tourne vers moi, les traits animés d'une expression bienveillante.

— J'étais subjuguée par le visage que je voyais à la télévision. Je rêvais de ton père de la même façon que des milliers de jeunes filles rêvent de toi.

Je me transporte dans le passé. Ma mère n'est encore qu'une jeune fille rêveuse coiffée de tresses qui habite Honduragua ; elle vrille sur l'écran du téléviseur un regard ardent et pousse un soupir énamouré chaque fois que mon père prend la parole.

— Toutes les jeunes filles rêvent un jour ou l'autre de devenir princesses, ajoute-t-elle. Porter de belles robes, des bijoux… C'est ce qui me trottait dans la tête la semaine qui a précédé le tirage au sort. Des fantasmes immatures. J'étais loin de me douter que la couronne exigeait des sacrifices constants, qu'elle me forcerait à subir une pression très forte, à tirer un trait sur mon intimité. En même temps, être mariée à un homme aussi exceptionnel que ton père, puis devenir mère, ce sont des rêves devenus réalité.

Voyant des larmes perler au coin de ses yeux, je m'empresse de détourner la conversation.

— Vous n'avez donc aucun regret ?

— Aucun. La Sélection a changé radicalement ma vie. Et c'est de cela que je veux te parler.

— Je ne suis pas sûr de comprendre.

— J'étais une Quatre. J'avais un emploi à l'usine. Mes doigts étaient abîmés par le travail à la chaîne, mes ongles noirs de crasse, explique-t-elle en me présentant ses mains diaphanes. Je n'avais pas d'amis, pas de statut social, rien qui aurait pu me distinguer… et pourtant, me voici.

Je ne vois toujours pas où nous mène cette conversation.

— Maxon, c'est mon cadeau d'anniversaire. Je te promets de faire de mon mieux pour considérer les candidates à travers tes yeux. Pas les yeux d'une reine, ni ceux d'une mère, mais tes yeux à toi. Même si la jeune fille que tu choisis appartient à une caste inférieure, même si certains la jugent sans valeur, c'est ton avis qui prévaudra. Et tu auras tout mon soutien.

— Père n'a pas eu droit à ce genre de conseils ? Vous non plus ?

— Chaque Sélectionnée aura ses qualités et ses défauts. Des personnes vont se focaliser sur les défauts, d'autres sur les qualités, et tu auras le plus grand mal à comprendre leur étroitesse de vue. Mais je serai là, à tes côtés, quelle que soit ta décision.

— Vous avez toujours été à mes côtés.

— C'est vrai. Pourtant je sais que je vais devoir m'effacer devant une autre, et c'est normal. Mais l'amour que je te porte ne changera pas d'un iota, Maxon.

— Cela vaut aussi pour moi, dis-je avec toute la sincérité dont je suis capable.

— Je le sais.

Tandis que nous rejoignons les invités sous les applaudissements et les hourras, je repense aux paroles de ma mère. Elle est d'une générosité sans égale, et autant que faire se peut, je m'efforce de calquer mon comportement sur le sien. Son cadeau doit être d'une importance qui m'échappe pour le moment. Ma mère n'offre jamais un cadeau à la légère.

2.

Les convives s'attardent plus que ne l'autorise l'étiquette. Quand on s'amuse, le protocole ne pèse plus lourd.

Je confie l'ambassadeur de la Fédération germanique, un peu éméché, aux bons soins d'un garde et, prodigue en baisemains, je remercie tous les conseillers qui m'ont comblé de cadeaux. Le prince a accompli son devoir, il mérite bien quelques heures de repos. Alors que je m'apprête à regagner ma chambre, une paire de pupilles couleur saphir me bloque la route. Daphné.

— Tu as passé la soirée à m'éviter, m'accuse-t-elle sur un ton espiègle.

Son accent me chatouille agréablement les oreilles. Elle ne parle pas, elle chante.

— Détrompe-toi. Je ne m'attendais pas à ce qu'il y ait autant de monde.

Je jette un coup d'œil par-dessus mon épaule. Une poignée de retardataires s'obstinent à vouloir assister au lever du soleil derrière la baie vitrée.

— Ton père aime mettre les petits plats dans les grands.

— Il s'est surpassé, cette fois-ci.

— Jusqu'au prochain anniversaire, répond-elle en haussant les épaules.

Il y a un moment de flottement, un silence gêné. Visiblement mal à l'aise, Daphné chuchote :

— Puis-je te parler en privé ?

Je la guide jusqu'à un petit salon, un peu à l'écart. Elle se tait, comme si elle attendait que les portes se referment derrière nous pour me dire ce qu'elle a sur le cœur et me transmettre son trouble.

— Tu n'as pas dansé une seule fois avec moi, fait-elle remarquer, vexée.

— Je n'ai pas dansé du tout.

Cette fois-ci, Père a réclamé des musiciens de formation classique. Bien que les Cinq débordent de talent, ils jouent une musique plus lente, moins rythmée. Si j'avais voulu faire quelques pas de danse, j'aurais sûrement invité Daphné. Même si le contexte ne s'y prête pas. Je serai bientôt un homme marié, après tout.

— À mon retour en France, poursuit-elle, je dois dîner avec quelqu'un. Un certain Frederick. Nous nous connaissons déjà, bien entendu. Il est excellent cavalier, et aussi bel homme. Il a quatre ans de plus que moi, ce qui est un atout aux yeux de Papa.

— Et que ferions-nous sans nos papas respectifs ?

— Quelle question, Maxon ! Ce serait la fin des haricots, comme on dit.

Nous éclatons de rire, soulagés d'être sur la même longueur d'onde. L'ironie, c'est parfois la meilleure arme.

— Papa apprécie Frederick, donc. Pourtant, je me demande…

— Tu te demandes quoi ?

— Si toi, tu l'apprécierais.

— Qui ?

— Frederick.

— Comment te répondre ? Je ne l'ai jamais rencontré, hélas.

— Ce n'est pas ton avis sur Frederick qui m'intéresse, mais sur le concept. Es-tu contrarié que je le fréquente ? Que je l'épouse ?

— Ce n'est pas à moi d'en juger. À toi non plus, d'ailleurs.

Daphné se tord les mains, de tristesse ou de nervosité, je ne saurais le dire.

— Cela ne te dérange pas, alors ? Parce que si ce n'est pas Frederick, ce sera Antoine. Et si ce n'est pas Antoine, ce sera Garron. Les hommes font la queue devant ma porte. Il faudra bien que l'un d'eux fasse de moi sa femme, et cela te laisse de marbre ?

Perspective alarmante. Nous nous voyons trois fois par an, au maximum, et c'est malgré tout mon amie la plus intime. Pathétique, non ? J'en ai la gorge nouée.

— Je suis certain que tout va bien se passer, Daphné.

Sans préavis, des larmes se mettent à rouler sur ses joues. Jetant des coups d'œil affolés autour de moi, je tente de trouver une solution. Ma gêne monte encore d'un cran.

— Dis-moi que tu ne vas pas accepter cette mascarade, Maxon. Tu vaux mieux que ça.

— Quelle mascarade ?

— La Sélection ! N'épouse pas une étrangère. Et ne me force pas à épouser un étranger, moi non plus.

— J'y suis forcé. C'est ainsi que la monarchie fonctionne à Illeá. Les princes épousent des roturières.

Daphné se précipite vers moi et me saisit les mains.

— Mais je t'aime. Depuis toujours. Essaie au moins de demander à ton père si je suis une option envisageable.

Elle m'aime ? Depuis toujours ?

— Daphné, comment… Je ne sais pas quoi dire.

— Promets-moi de poser la question à ton père. Repousse la Sélection, le temps de voir s'il est possible d'envisager un avenir commun. Ou laisse-moi participer au tirage au sort. Je vais renoncer à la couronne de France.

— Arrête de pleurer, je t'en conjure.

— Je ne peux pas ! Je vais te perdre pour toujours.

Plongeant son visage entre ses mains, elle éclate silencieusement en sanglots.

De peur d'empirer les choses, je reste pétrifié. Au bout de quelques secondes elle lève la tête, le regard vide.

— Tu es la seule personne qui me connaisse vraiment. Et la seule que je connaisse.

— Connaître, ce n'est pas aimer.

— Faux, Maxon. Nous avons un passé en commun, un passé qui risque d'être sacrifié. Sur l'autel de la tradition. Maxon, je t'en conjure, demande à ton père. Peut-être qu'il refusera, mais au moins je n'aurai pas de regrets.

— Il refusera, c'est certain, dis-je avec conviction. Ne te leurre pas, Daphné. Cette relation n'ira pas plus loin que l'amitié.

Daphné soutient mon regard un long moment. Je la vois réfléchir, chercher une alternative, mais elle se rend vite à l'évidence. Elle vit sous le joug de la couronne de France, je vis sous celui de la couronne d'Illeá, et ce sont des chaînes qui nous maintiendront éternellement en esclavage.

Dodelinant de la tête, elle fond à nouveau en larmes, va s'asseoir au bord d'un canapé et tente de reprendre ses esprits. Je demeure figé sur place. Il ne manquerait plus que j'aggrave les choses par une plaisanterie de mauvais goût, une attitude déplacée.

Je ne me savais pas capable de briser un cœur. Et ce talent, je m'en passerais bien.

À cet instant, je comprends que c'est ce qui m'attend les prochains mois. Je vais devoir éconduire trente-quatre candidates. Et si elles le prenaient toutes au tragique, à la façon de Daphné ?

Je pousse un soupir exaspéré qui lui fait redresser la tête. L'expression qu'affichent ses traits se modifie lentement.

— Tu ne souffres pas de cette situation ? Tu es mauvais acteur, Maxon.

— Bien sûr que j'en souffre.

Elle se lève alors et s'approche de moi :

— Mais pas pour les mêmes raisons que moi. Maxon, tu m'aimes. Tu m'aimes, répète-t-elle plus fermement. Tu m'aimes vraiment.

Je dois me détourner, tant la flamme qui brûle au fond de son regard me blesse la vue.

— C'est la première fois que j'entends quelqu'un exprimer ses sentiments sans équivoque. Je ne mets pas en doute ta sincérité, Daphné, mais je ne peux pas te retourner ton affection.

— Cela ne veut pas dire que tu as un cœur de pierre. Tu ne sais pas exprimer tes sentiments, c'est tout. Ton père est aussi froid qu'un iceberg, ta mère s'enferme dans son petit monde. Comment saurais-tu donner libre cours à ton amour quand personne dans ton entourage ne t'a montré l'exemple ? Mais tu m'aimes, c'est flagrant. Autant que je t'aime.

Lentement, je fais non de la tête. Rien ne m'a préparé à la suite.

— Embrasse-moi ! m'ordonne Daphné.

— Pardon ?

— Embrasse-moi. Si tu peux soutenir encore que tu ne m'aimes pas après un baiser, je ne t'importunerai plus.

— Non, je suis désolé. Hors de question.

Je ne sais pas combien de garçons Daphné a déjà embrassés ; ce que je sais, c'est qu'elle a une certaine expérience dans ce domaine. Elle m'en a parlé il y a quelques étés, alors que je lui rendais visite en France. Je n'ai, en cet instant, pas du tout envie de passer pour un imbécile à ses yeux.

Puis sa tristesse se métamorphose en colère. S'écartant d'un pas, elle part d'un rire sans joie.

— C'est ta réponse ? Tu préfères me laisser partir ?

Je hausse les épaules.

— Tu es un imbécile, Maxon Schreave. Tes parents t'ont complètement endoctriné. On pourrait te présenter des dizaines de filles sur un plateau, cela ne servirait à rien. Tu es trop stupide pour voir l'amour, même s'il surgit sous ton nez.

Elle essuie ses larmes et défroisse sa robe avant d'asséner :

— J'espère que c'est la dernière fois que je croise ta route.

Elle tourne les talons et une peur inexprimable me saisit. Je l'attrape par le bras. Ne plus la revoir, ce serait un coup terrible.

— Daphné, excuse-moi…

— Garde ta pitié pour toi. Tu en auras besoin. Tu vas finir par trouver chaussure à ton pied, parce qu'il le faut, mais dis-toi que tu as déjà renoncé à l'amour.

Elle se dégage de ma poigne et me laisse seul.

Bon anniversaire, Maxon.

3.

Daphné sent la fleur de cerisier et l'amande. Elle porte le même parfum depuis ses treize ans, elle le portait d'ailleurs hier soir, et il flottait dans l'air alors qu'elle faisait vœu de ne jamais me revoir.

Au poignet, elle a une petite cicatrice, souvenir d'une journée où, à onze ans, elle avait joué les casse-cou. Elle était beaucoup plus garçon manqué à l'époque, et je l'avais persuadée – « mise au défi » serait plus correct – de faire la course jusqu'à la cime de l'un des arbres du jardin. J'avais gagné.

Daphné souffre d'une peur paralysante du noir et, comme j'ai mes propres phobies, je ne l'ai jamais taquinée. Elle ne m'a jamais taquiné non plus. À part sur des sujets sans importance.

Elle est allergique aux fruits de mer. Sa couleur préférée ? Le jaune. Elle chante comme une casserole. En revanche, elle danse très bien, d'où sa déception quand je ne l'ai pas invitée hier soir.

Le Noël de mes seize ans, elle m'a envoyé une sacoche pour y ranger mon matériel photographique. J'ai été si ému par son attention que j'ai immédiatement troqué mon ancienne sacoche contre la neuve. Je m'en sers toujours, du reste. Et je me demande combien de temps elle a passé à la choisir.

Peut-être Daphné a-t-elle raison. Nous partageons beaucoup plus que je n'ose me l'avouer. Notre relation consistait en visites et en coups de fil épisodiques, mais c'était en réalité beaucoup plus profond.

Et la voilà à bord d'un avion qui la ramène en France, et dans les bras de Frederick.

Je quitte mon lit, j'ôte ma chemise froissée et mon pantalon, et je me glisse sous la douche. Tandis que l'eau cascade sur mon dos, je tente de chasser mes pensées négatives. Malgré tout, je n'arrive pas à tirer un trait sur ses accusations. Suis-je d'une ignorance grossière en amour ? Complètement naïf ? Lui ai-je vraiment tourné le dos ? Et si tel est le cas, comment vais-je venir à bout de la Sélection ?

Des conseillers arpentent le palais, chargés de dossiers, et m'adressent des sourires complices, comme s'ils savaient quelque chose que j'ignore. De temps à autre, l'un d'entre eux me tape dans le dos ou me chuchote une remarque encourageante.

— Le lot d'aujourd'hui est très prometteur.

— Vous avez beaucoup de chance.

Les formulaires ont beau s'empiler, je ne pense qu'à une chose – une personne : Daphné. Je devrais me concentrer sur les chiffres du dernier rapport du Comité des Finances, mais je pense plutôt à mon père. M'a-t-il vraiment endoctriné, comme elle le prétend ? J'ai bien vu comment il se comporte avec ma mère. Il y a entre eux de l'affection, sinon de la passion. Cela ne suffirait pas ? Est-ce vraiment l'objectif que je dois me fixer ?

Père est un homme strict, affûté à la façon d'un poignard, qui doit gouverner un pays que déchirent des conflits perpétuels et des attaques menées par les Renégats. Ma mère est plus protectrice, plus indulgente. Cela s'explique sûrement par le fait qu'elle a grandi dans un milieu défavorisé. Je sais, en mon for intérieur, que je suis plus proche d'elle. Et Père a du mal à l'accepter.

Peut-être a-t-il voulu m'endurcir en m'apprenant à ne pas me laisser mener par mes sentiments.

Tu es trop stupide pour voir l'amour, même s'il surgit sous ton nez.

La voix de mon père me tire de ma réflexion.

— Reviens sur terre, Maxon.

— Pardon ?

— Combien de fois dois-je te le répéter ? La Sélection porte avant tout sur un choix capital et rationnel, elle ne te donne pas le droit de rêvasser !

— Tout à fait, Père.

Un messager entre dans la pièce et présente une lettre à mon père tandis que je mets de l'ordre dans mes documents.

Il lit la missive, et je l'étudie une dernière fois. Il veut faire de moi un homme, pas une machine à gouverner. Je peux me fier à lui.

Il roule la lettre en boule, la jette dans la poubelle.

— Maudits Renégats…

Je passe la majeure partie de la matinée à travailler dans ma chambre, loin des regards curieux. Seul, je travaille mieux, et même si l'inspiration se dérobe parfois, j'évite ainsi les piques de mon père. Mais ça ne durera pas éternellement, si j'en crois l'invitation que je viens de recevoir.

Il m'accueille sur le seuil de son bureau.

— Vous m'avez fait appeler, Père ?

— Oui. C'est demain le grand jour.

— Souhaitez-vous que nous parcourions ensemble le sommaire du *Bulletin* ?

— Non, non. Il n'y aura rien de compliqué. Une introduction, un court échange avec Gavril, suivi de l'identité des filles retenues pour la Sélection.

— Certes… rien de compliqué.

Dès que nous avons atteint son bureau, il pose la main sur un épais dossier.

— Les voici, les heureuses élues. Vingt-cinq d'entre elles, à peu près, ont toutes les qualités requises pour faire une princesse plus que passable. Des familles honorables, des liens utiles avec l'étranger. Certaines sont d'une beauté hors du commun. Malheureusement, chaque province n'a pu nous fournir des candidates à la hauteur. Ainsi, pour donner l'impression que le hasard a son mot à dire et que toutes ont leur chance, nous avons ajouté quelques Cinq dans l'affaire. Sans aller jusqu'à intégrer des représentantes des castes inférieures ; il serait inconcevable de tomber aussi bas.

Je repasse ses paroles dans ma tête. Moi qui croyais pouvoir faire confiance au destin, ou à la providence… C'était donc lui qui tirait les ficelles, depuis le début.

— Tu veux jeter un œil ? demande-t-il en caressant le dossier du pouce.

Nom, photo, liste des diplômes, des compétences, des hobbies. Tous les détails vitaux sont là. Mais je sais avec certitude que le formulaire ne demande pas aux candidates ce qui les fait rire, il ne les incite pas non plus à révéler leurs secrets les plus inavouables. Il fait l'inventaire de certains attributs, ne présente pas des personnes dans leur globalité, les réduit à une séquence de statistiques, de données chiffrées.

— Vous les avez choisies vous-même ?

— Oui.

— Toutes ?

— La plupart, oui, répond Père avec un sourire. Comme je te l'ai dit, quelques-unes sont là pour ménager les apparences, mais je trouve cette Sélection pleine de promesses. Bien plus intéressante que la mienne.

— Votre père s'était-il impliqué dans le choix des Sélectionnées ?

— Pour certaines, oui. Mais mon cas était différent. Pourquoi ?

— C'est de cela que vous parliez ? Quand vous m'avez dit que cela représentait des années de travail ?

— Eh bien, il fallait s'assurer que ces demoiselles sont majeures, et il y avait plusieurs options dans certaines provinces. Crois-moi, elles vont beaucoup te plaire.

— Vous pensez ?

Comme si l'effet qu'elles auront sur moi faisait partie de ses critères.

Soudain, le commentaire méprisant qu'il a prononcé au sujet de Daphné – « ce serait un formidable gâchis » – prend tout son sens. Il se moque bien qu'elle soit charmante, d'agréable compagnie, que j'éprouve des sentiments pour elle. Ce qui l'intéresse, c'est qu'elle personnifie la France. Donc qu'elle ne représente rien pour lui. Elle lui est totalement inutile. Si elle avait servi d'une manière ou d'une autre son ambition, il y a fort à parier qu'il aurait tiré un trait, sans le moindre scrupule, sur une tradition ancrée dans l'histoire d'Illeá.

— Tu fais vraiment une tête d'enterrement, soupire-t-il. Moi qui étais certain que cela allait t'amuser. Tu n'as pas envie de feuilleter le dossier ?

— Je préfère me consacrer à des sujets plus sérieux. Je vais faire connaissance avec les candidates en même temps que tout le monde. Si vous voulez bien m'excuser, il faut que je finisse de lire cet amendement que vous avez rédigé.

Sans attendre son autorisation, je quitte le bureau, mais l'amendement est en réalité un prétexte parfait pour lui fausser compagnie.

J'ai l'impression d'être pris au piège. Entre les paroles blessantes de Daphné, l'intervention de mon père et mes propres peurs, la Sélection s'annonce comme un cauchemar.

4.

Une maquilleuse prévenante éponge les gouttes de sueur qui perlent à mon front.

— Tout va bien, Votre Altesse ?

Sous un trait d'humour, je tente de camoufler mon angoisse.

— Je suis au désespoir parce qu'aucun des rouges à lèvres disponibles dans votre arsenal ne met mon teint en valeur.

C'est ce que j'entends Mère dire parfois : *Cela ne me met pas en valeur.* Comme si elle avait besoin d'être mise en valeur par quelque chose d'aussi vulgaire que du maquillage.

Elle pouffe ; Mère et sa maquilleuse font de même.

— Merci, c'est très réussi, dis-je en m'observant dans les miroirs disposés au fond du studio.

— Je vous remercie également, mesdemoiselles, ajoute Mère, congédiant les deux femmes.

Nous nous retrouvons seuls. Nerveux, je triture un boîtier de fard en tentant de ne pas penser aux secondes qui s'écoulent. À ce qui se rapproche inexorablement.

— Maxon, est-ce que tout va bien ? me demande Mère.

Nos regards se croisent dans le miroir.

— C'est juste que… je…

— Je sais. Chacun est sur les nerfs mais, en fin de compte, cela se limite à une liste de noms. Pas plus.

C'est une façon de voir les choses. Une liste de noms. Il ne se passera rien de plus ce soir. Pas de quoi se mettre dans des états pareils.

Je prends une profonde inspiration – j'ai bien fait de manger léger à midi – et je vais m'asseoir sur le siège qui m'est réservé sur le plateau. Père est déjà installé à sa place.

— Reprends-toi, Maxon. À ta mine, on dirait qu'on t'amène à l'abattoir.

— Comment as-tu traversé cette épreuve ?

— Avec confiance, parce que j'étais prince. Tout comme toi. Dois-je te rappeler que c'est toi l'enjeu de la Sélection ? Le gros lot, en quelque sorte ? Ce sont elles qui vont se battre pour toi, pas le contraire. Ça ne révolutionnera pas ta vie, même si tu vas devoir côtoyer une poignée de femelles hystériques pendant deux ou trois semaines.

— Et si aucune ne me plaît ?

— Dans ce cas, prends celle que tu détestes le moins. Celle qui pourra être rentable pour la couronne. Ne t'inquiète pas, je vais t'épauler.

— Dix secondes ! s'exclame un technicien, et ma mère vient nous rejoindre, m'adressant un clin d'œil au passage.

— N'oublie pas de sourire, m'ordonne Père, et il présente un visage serein aux caméras.

Soudain, l'hymne national retentit et des voix s'entrecroisent. Je sais que je dois rester attentif à ce qui se passe autour de moi, mais ma concentration est tendue vers un seul et unique objectif : paraître maître de moi et de mes émotions.

Le timbre familier de Gavril me ramène à la réalité.

— Bonsoir, Votre Majesté.

— Gavril, c'est un plaisir de vous retrouver, lui répond mon père.

— Alors, nerveux ?

— Et comment ! J'ai assisté hier à une partie du tirage au sort. Le hasard a bien voulu désigner de très jolies jeunes filles.

— Vous connaissez donc déjà l'identité des heureuses élues ?

— De quelques-unes, oui.

Il ment comme un arracheur de dents, avec une conviction et un naturel saisissants.

C'est alors que Gavril s'adresse à moi. La lumière des projecteurs ricoche sur sa broche argentée.

— Votre père vous a-t-il confié quelques secrets, prince Maxon ? lance-t-il.

Père m'enjoint, du regard, à plaquer un sourire sur mon visage. Je m'exécute avant de répondre :

— Pas du tout. Je ferai la connaissance de ces demoiselles en même temps que le peuple d'Illeá.

« Ces demoiselles ». Quelle galanterie. Je me fais l'effet d'un vieux fossile encroûté dans des traditions ridicules. Aussi discrètement que possible, j'essuie mes paumes moites sur mon pantalon.

Gavril se tourne ensuite vers ma mère.

— Votre Majesté, un conseil pour les candidates ?

— Profitez de votre dernière nuit en tant que jeunes filles normales, si je puis m'exprimer ainsi. Demain, votre vie va basculer à tout jamais. Et j'ajouterai un conseil qui peut sembler éculé, mais qui m'apparaît toujours d'actualité : soyez vous-mêmes, mesdemoiselles.

— Sages paroles, Votre Majesté, très sages paroles, conclut Gavril avant de pivoter vers les caméras. L'heure est venue de révéler l'identité des trente-cinq candidates tirées au sort pour la Sélection. Mesdames et messieurs, je vous demande de féliciter avec chaleur nos chères filles d'Illeá !

Tandis que s'élèvent les premières notes de l'hymne, j'observe un écran de contrôle. Mon visage s'incruste dans une petite lucarne. Quoi ? Les caméras vont rester braquées sur moi ?

Mère pose sa main sur la mienne, en dehors du cadre. Je respire mieux en la sachant à mes côtés.

Une liste de noms, rien de plus. Ce sera vite fait. Un claquement de doigts, et ce supplice sera terminé.

Gavril a le regard fixé sur l'une de ses fiches. Quant à moi, je fais des efforts surhumains pour sourire d'une oreille à l'autre.

— Mlle Elayna Stoles de Newport, grade Trois... Mlle Tuesday Keeper de Waverley, grade Quatre.

Sans changer d'attitude, je me penche vers mon père et je lui chuchote à l'oreille :

— Je ne me sens pas très bien.

— Respire, marmonne-t-il. Tu aurais dû regarder hier, je le savais.

— Mlle Fiona Castley de Paloma, grade Trois.

— Très jolie, me dit Mère, qui m'encourage d'un sourire.

— Mlle America Singer de Caroline, grade Cinq.

Une Cinq, sûrement l'une des figurantes choisies par mon père. Trop concentré sur mon sourire, je ne vois même pas la photo qui s'affiche à l'écran.

— Mlle Mia Blue d'Ottaro, grade Trois... Mlle Celeste Newsome de Clermont, grade Deux.

Je hausse les sourcils. Si c'est une Deux, je dois prendre l'air impressionné.

— Clarissa Kelley de Belcourt, grade Deux.

Tandis que la liste se dévide, et même si j'ai la sensation d'assister à un enterrement, je souris si largement que j'en ai mal aux joues. L'enterrement de ma vie d'avant.

— Et voilà ! s'exclame Gavril. Ce sont là nos belles Sélectionnées. La semaine qui vient sera consacrée aux préparatifs avant leur départ pour le palais, et nous attendons leur arrivée avec impatience. Rendez-vous vendredi prochain à l'occasion d'une édition spéciale consacrée exclusivement à ces merveilleuses jeunes femmes. Prince Maxon, félicitations. Elles sont proprement stupéfiantes.

— Je suis stupéfait, d'ailleurs.

— Ne vous inquiétez pas. Vendredi prochain, quand elles arriveront, ces jeunes femmes vont vous dénouer la langue. Quant à vous, chers téléspectateurs, ne ratez aucun de nos scoops, aucune de nos informations exclusives sur la Chaîne d'Accès Public. Bonne soirée, Illeá !

L'hymne est diffusé une dernière fois, les projecteurs s'éteignent et j'ose enfin me détendre.

Mon père quitte son siège et m'assène une grande claque dans le dos.

— Bien joué. Tu t'en es très bien sorti, mieux que je ne le craignais.

— Je n'ai pas compris ce qui vient de me tomber dessus.

Il éclate de rire, sitôt imité par certains conseillers qui s'attardent sur le plateau.

— Je te l'ai déjà dit, fils, c'est toi le gros lot. Inutile de t'angoisser outre mesure. Tu n'es pas d'accord, Amberly ?

— Je t'assure, Maxon, que ces demoiselles ont plus de raisons que toi de se faire du souci, confirme ma mère.

— Tu vois ? Bon, je meurs de faim. Allons profiter de nos derniers repas en famille.

Je me lève à mon tour et me dirige lentement vers la porte du studio. Mère m'emboîte le pas.

— C'est passé si vite.

— Nous te ferons porter les formulaires pour que tu puisses les étudier à loisir. Ainsi, tu pourras faire connaissance avec elles. Comme avec des amies.

— Je n'ai pas beaucoup d'amis, Mère.

— Oui… l'atmosphère au palais est assez étouffante. Eh bien, pense à Daphné.

— Daphné ?

— Vous êtes très amis depuis toujours. Tu n'as qu'à te comporter comme tu l'as toujours fait.

J'accélère le pas. Sans le savoir, Mère a apaisé une grande peur dans mon cœur tout en en attisant une autre.

Si j'étais amoureux de Daphné, je suppose que son image ne cesserait de me hanter. Ce soir encore, j'aurais dû regretter que son nom ne soit pas sur la liste. Peut-être que je ne sais pas exprimer mes sentiments, c'est entendu ; mais ce dont je suis certain à présent, c'est que je ne suis pas amoureux d'elle. Et je ne peux que m'en réjouir, parce que j'aborde la Sélection le cœur libre.

5.

En définitive, je décide de ne pas consulter les formulaires. Pour plusieurs raisons, mais surtout pour ne pas influencer mon regard. De plus, les candidates n'ont aucun secret pour Père, et je ne suis pas aussi curieux que lui. Je respecte une distance confortable avec la Sélection… jusqu'au jour où elle s'invite chez moi.

Le vendredi matin, je remonte l'un des couloirs du deuxième étage quand j'entends le rire musical de deux jeunes filles qui descendent le grand escalier. L'une dit à l'autre :

— Tu te rends compte qu'on est au palais royal ?

Ce constat provoque des gloussements ravis.

Poussant un juron, je cours me réfugier derrière une porte, la première qui vient. On m'a répété je ne sais combien de fois que je dois rencontrer les Sélectionnées ce samedi, surtout pas avant. Personne ne m'a expliqué l'importance de la chose, mais c'est sûrement lié à leur prétendu relooking. Un relooking qui doit mettre toutes les candidates sur un pied d'égalité. Ce n'est que justice : à l'évidence une Cinq n'aurait aucune chance face à une Deux ou une Trois. Je quitte enfin la pièce dans laquelle je me suis réfugié à pas de velours pour regagner ma chambre, tâchant de mettre cet incident derrière moi.

Une autre fois, alors que j'allais déposer un dossier dans le bureau de Père, m'est parvenue, flottant dans l'air, la voix d'une inconnue. Aussitôt, une décharge électrique a parcouru ma colonne vertébrale, je me suis précipité dans mes appartements. Puis j'ai nettoyé méticuleusement tous les objectifs de mes appareils photo et revu de fond en comble le rangement de mon matériel. Je me suis ainsi activé jusqu'à la tombée de la nuit, une heure à laquelle je suis à peu près sûr qu'elles sont cantonnées dans leur chambre et que je ne risque pas de les croiser par accident.

Voilà une de ces manies qui ont le don d'exaspérer Père. Cela le rend nerveux, paraît-il, de me voir m'agiter en tous sens. Que puis-je dire à ma décharge ? Je réfléchis mieux lorsque je suis en mouvement.

Le palais est plongé dans le silence. Tout en remontant le couloir, je passe en revue les questions qui m'accablent. Et si aucune des candidates n'arrivait à me séduire, à m'aimer ? Et si mon âme sœur n'avait pas été retenue par mon père et par ses conseillers ?

La tête entre les mains, je m'assieds au sommet de l'escalier. Comment me dépêtrer de cette situation ? Comment trouver une femme que j'aime et qui m'aime, qui sera accueillie à bras ouverts par mes parents et plébiscitée par le peuple d'Illeá ? Une femme intelligente, belle, accomplie, qui saura charmer les présidents et les hauts dignitaires en visite officielle ?

Je m'encourage à reprendre mes esprits, à ne pas me laisser abattre. Et si la Sélection ne débouchait que sur des choses positives ? Et si les candidates étaient toutes des modèles de gentillesse, de beauté, d'esprit ? Et si l'élue de mon cœur se révélait, par le plus grand des hasards, celle sur laquelle Père fonde tous ses espoirs ? Et si mon âme sœur était allongée dans son lit en ce moment même et rêvait de moi, de moi seul ? Ma future femme... ma compagne, ma confidente... Une source de réconfort et de soutien...

Je me lève et je gagne le rez-de-chaussée, l'esprit apaisé. C'est ce que la Sélection doit représenter pour moi : l'espoir.

— ... dehors, bafouille une voix fragile qui résonne dans le couloir. Que se passe-t-il ?

— Veuillez m'excuser, mademoiselle, mais vous devez regagner votre chambre.

Dans le clair de lune, je vois qu'un garde interdit à une jeune fille – une jeune fille ! incroyable ! – l'accès à la baie vitrée qui ouvre sur les jardins. L'obscurité m'empêche de distinguer ses traits, pourtant je suis frappé par sa crinière flamboyante.

— Je vous en supplie.

Mais elle tremble ! Et ces accents de désespoir dans sa voix ! Incertain, je m'approche du petit groupe. La réponse du garde m'échappe.

— Je... je n'arrive plus à respirer, souffle-t-elle avant de s'effondrer dans les bras du militaire, qui abandonne sa lance à contrecœur.

Enfin parvenu à leur niveau j'ordonne, d'une voix que j'espère autoritaire :

— Lâchez-la !

— Elle s'est écroulée, Votre Altesse, m'explique le garde, embarrassé. Elle réclamait d'aller dans le jardin.

— Ouvrez la baie vitrée.

— Mais... Votre Altesse...

— Ouvrez et laissez-la sortir !

— Tout de suite, Altesse.

Le second garde va ouvrir la porte-fenêtre et la jeune fille reprend peu à peu ses esprits. Quelques secondes plus tard, l'air chaud et parfumé d'Angeles nous enveloppe. Il n'en fallait pas plus pour qu'elle lâche le garde qui la retenait.

Posté sur le seuil, je l'observe tandis qu'elle s'aventure dans le jardin en titubant, ses pieds nus frappant avec un bruit sourd les gravillons. C'est la première fois que je vois une jeune fille en chemise de nuit, et ce n'est pas un spectacle qui me répugne, même si la demoiselle en question manque singulièrement de grâce.

Je me rends compte que les gardes se délectent eux aussi de la scène, et cela me déplaît au plus haut point.

— Retournez à votre place, messieurs.

Tout en se raclant la gorge, ils se remettent au garde-à-vous.

— Restez ici, ne venez que si je vous appelle.

À mon tour, je m'aventure dehors. J'ai toutes les peines du monde à la distinguer dans l'obscurité, mais je l'entends. Elle respire avec difficulté, on dirait presque qu'elle pleure – j'espère me tromper. Elle se laisse tomber dans l'herbe et s'appuie sur un banc de pierre.

Elle ne s'est pas aperçue de ma présence et je reste immobile, attendant qu'elle lève la tête afin de ne pas la surprendre. Au bout d'un moment, la gêne me gagne. Comme j'imagine qu'elle veut au moins me remercier, je décide de briser le silence.

— Vous sentez-vous mieux, ma chère ?

— Ne m'appelez pas « ma chère » ! crache-t-elle en me fusillant du regard.

Ses mots me frappent comme un coup de poing. Ce sont donc là ses remerciements ?

— En quoi ai-je pu vous offenser ? N'ai-je pas accédé à votre requête ?

Elle se détourne de moi et renifle bruyamment. Je ne comprends pas cet engouement pour les larmes, si partagé par la gent féminine. Cela m'intrigue.

— Pardon, ma chère, mais pensez-vous pleurer encore longtemps ?

— Arrêtez de jouer la comédie ! Je suis une étrangère pour vous, tout comme les trente-quatre autres prisonnières que vous gardez dans votre cage.

Sa réponse m'arrache un sourire. L'une de mes peurs les plus violentes, c'est que ces jeunes femmes se contentent de me présenter leur meilleur visage – la facette la plus reluisante de leur personnalité. Sitôt le mariage célébré, ma femme, que je pensais être un ange, pourrait s'empresser de révéler sa véritable nature de démon.

En voici une qui se moque totalement de faire bonne impression. Elle se permet même de me faire la morale !

— Vos accusations sont profondément injustes. Vous m'êtes toutes très chères, chacune à sa façon. La Sélection me permettra de découvrir laquelle sera la plus chère à mes yeux.

Il est vrai que j'évite depuis le début tout ce qui est lié, de près ou de loin, à la Sélection, mais cela ne veut pas dire que les candidates n'ont pas d'importance pour moi.

— Vous parlez comme un livre poussiéreux, remarque-t-elle d'un air incrédule.

— Je plaide coupable. Je suis un pur produit de mon éducation, et je vous prie de m'en excuser.

Elle marmonne quelques paroles inintelligibles.

— Excusez-moi ?

— C'est ridicule ! hurle-t-elle.

Quelle fougue ! Père n'a pas dû faire une enquête très poussée à son sujet. Jamais il n'aurait accepté une caractérielle parmi les Sélectionnées. S'il avait assisté à cette scène, il l'aurait renvoyée sur-le-champ. Elle a de la chance.

— De quoi parlez-vous ?

— La Sélection ! Toute cette mascarade ! Vous n'êtes jamais tombé amoureux ? C'est comme ça que vous voulez choisir une femme ? Vous êtes vraiment superficiel à ce point ?

Aïe. Moi, superficiel ? Pour que notre échange soit plus aisé, je m'assieds sur le banc. J'aimerais que cette jeune personne, quelle que soit son origine, comprenne d'où je viens, quel regard je porte sur la Sélection. J'essaie de ne pas me laisser distraire par la courbe de ses hanches, ni même par la vue de son pied nu.

— Je comprends et respecte votre point de vue, croyez-moi. Dans mon monde, pourtant, le moindre de mes gestes est surveillé, et je n'ai pas l'occasion de faire beaucoup de rencontres. Les jeunes femmes que je croise sont filles de diplomates et nos sujets de conversation limités, à tout le moins. Quand nous avons la chance de parler la même langue…

Au souvenir de ces dîners interminables, mornes et ennuyeux, lors desquels je n'échange pas un mot avec ma voisine de table parce que les interprètes sont occupés à parler politique, j'esquisse un sourire. Voyant que mon interlocutrice refuse de me le retourner, je m'éclaircis la voix et je poursuis :

— Les circonstances étant ce qu'elles sont, je n'ai pas eu l'opportunité de tomber amoureux. Et vous ?

— Moi si, répond-elle avec une fierté mêlée de chagrin.

— Dans ce cas, je vous envie.

Les yeux baissés, j'étudie quelques instants les brins d'herbe avant de reprendre, confus :

— Mes parents se sont connus grâce à la Sélection et ne se sont pas quittés depuis. J'espère trouver le bonheur, moi aussi. Rencontrer une femme qui captera l'affection de tous mes sujets, qui sera ma compagne et saura charmer les dirigeants des autres nations. L'amie de mes amis, et ma confidente.

Désespoir, attente, désir, tout se mélange en moi. Le doute m'étreint de nouveau. Et si je passais à côté de la perle rare ?

Non, proteste ma conscience, *tu finiras par trouver quelqu'un qui t'aime.*

Je me tourne alors vers l'inconnue, qui semble au désespoir elle aussi – un désespoir qui lui est propre.

— Vous avez vraiment la sensation d'être dans une cage ?

— Oui… Votre Altesse.

— Moi-même j'ai éprouvé cette sensation plus d'une fois. Mais c'est une très belle cage, convenez-en.

— Je n'en suis pas si sûre, réplique-t-elle. Faites cohabiter dans votre cage dorée trente-cinq furies prêtes à s'entretuer pour obtenir ce qu'elles veulent, vous verrez le résultat.

— Des furies prêtes à s'entretuer ? Vous n'avez pas compris que c'est moi qui désignera celle qui deviendra ma femme ?

Me voilà partagé entre euphorie et inquiétude. Si une femme est prête à tout pour me conquérir, peut-être serai-je prêt, moi, à l'aimer.

— J'exagère, OK. Les candidates se bagarrent soit pour vous, soit pour le trône, précise-t-elle. Et chacune pense avoir trouvé la recette miracle pour vous faire tourner la tête.

— Ah oui. L'homme ou la couronne. Certaines n'arrivent pas à faire la distinction, j'en ai bien peur.

— Je vous souhaite bonne chance, alors, plaisante-t-elle.

C'est de l'humour noir, car il n'y a rien de comique là-dedans. Une autre de mes plus grandes peurs se trouve ici confirmée. La curiosité m'emporte.

— Et vous, mademoiselle, qu'est-ce qui vous a poussée à participer à la Sélection ? L'homme ou le trône ?

— En fait, je suis arrivée ici par erreur.

— Par erreur ?

Comment est-ce possible ? Si elle a rempli le formulaire, c'est qu'elle participe à la Sélection de son plein gré...

— Oui. Plus ou moins. C'est une longue histoire. Et maintenant... me voilà. Je ne me bats pour rien du tout. Le but ultime, c'est de me remplir l'estomac jusqu'à ce que vous me montriez la porte.

J'éclate de rire. C'est plus fort que moi. Cette jeune personne fait voler en éclats toutes mes certitudes. Elle attend que je lui montre la porte ? C'est manger qui l'intéresse ? Contre toute attente, je passe un bon moment en sa compagnie. Mère n'a peut-être pas tort : je peux me lier aux candidates au fil du temps, tout simplement, comme je me suis lié à Daphné.

Si la nourriture lui importe tant, elle ne peut être plus haut qu'une Quatre dans la hiérarchie sociale...

— Ma chère, mais qu'êtes-vous donc ?

— Pardon ?

Manifestement, le sens de ma question lui échappe. Je commence haut, de peur qu'elle ne se sente insultée.

— Une Deux ? Une Trois ?

— Une Cinq.

Ah, c'est donc l'une des Cinq. Je sais que Père n'apprécierait que modérément de me voir sympathiser avec elle mais, après tout, c'est lui qui l'a laissée entrer ici.

— Oui, je vous comprends, manger à sa faim, c'est motivant… Excusez-moi, je n'arrive pas à déchiffrer votre broche dans l'obscurité.

Elle secoue imperceptiblement la tête.

— America.

— On ne pourrait rêver prénom plus approprié.

J'ai du mal à croire que sa candidature ait pu être retenue. America, c'est l'ancien nom de notre pays, un pays englué dans des pratiques d'un autre âge, que nous avons rebâti pour le transformer en grande puissance. C'est peut-être pour cette raison précise que Père a donné son feu vert à la candidature d'America : il souhaite montrer au peuple qu'il ne redoute pas le passé, même si dans leur immense stupidité les Renégats s'y cramponnent.

America… Il y a dans ce nom une musique qui me plaît, et je veux lui prouver ma bonne volonté.

— America, ma chère, j'espère que vous trouverez dans cette cage une cause qui vous donnera envie d'en découdre. Après cet échange, j'ai hâte de vous voir passer à l'action.

Je me mets debout, m'agenouille à ses côtés et lui prends la main. Elle n'ose pas croiser mon regard, et je peux enfin l'admirer tout mon soûl. À cet instant précis, les nuages s'écartent, un rayon de lune frappe son visage et je suis ébloui. Elle ne se contente pas d'avoir du caractère, elle est aussi d'une beauté à couper le souffle. Des yeux bleu glacier, une chevelure de flammes…

Une sensation étrange me prend d'assaut, qui m'évoque un feu de cheminée ou la douceur d'un soleil d'après-midi. Elle s'attarde dans ma poitrine, se confond avec les battements de mon cœur.

En mon for intérieur, je me sermonne. Il faut être un imbécile pour s'enticher de la première fille venue. Le coup de foudre, ça n'existe pas. Et pourtant, elle pourrait se révéler la candidate la plus valable de toutes. America est une jeune femme que je dois conquérir, et cette conquête peut prendre du temps. Autant commencer tout de suite.

— America, voulez-vous que je demande au personnel de vous laisser le libre accès aux jardins ? Ainsi, vous pourrez vous promener le soir sans être importunée. Même si je préférerais qu'un garde ne vous quitte pas des yeux.

— Merci… je crois que je peux me passer de cette liberté.

Elle détache sa main de la mienne, avec une immense douceur, et fixe la pelouse.

— À votre guise.

J'essaie de camoufler ma déception. De toute évidence, elle me rejette. Qu'ai-je fait pour provoquer une telle réaction ? Cette fille me fait penser à une forteresse imprenable.

— Quand pensez-vous rentrer ?

— Bientôt, murmure-t-elle.

— Dans ce cas, je vous laisse avec vos pensées. Un garde vous attendra près de la porte.

— Merci… Votre Altesse.

Il y a des accents vulnérables dans sa voix. Peut-être se sent-elle submergée par les événements. Comment pourrais-je lui en vouloir ? Je décide une fois de plus de tenter ma chance.

— Ma chère America, auriez-vous l'obligeance de me rendre un service ?

Et je lui saisis à nouveau la main. Elle me présente un visage sceptique.

— Cela dépend.

— J'aimerais que ce petit tête-à-tête reste entre nous. Je suis censé vous rencontrer demain matin, pas avant, et je ne veux surtout pas attiser les rivalités. En outre, notre empoignade n'avait rien d'un rendez-vous galant… Vous m'avez drôlement remonté les bretelles, si vous me permettez cette expression.

America ébauche un sourire plein d'espièglerie.

— Bien sûr ! Je n'en dirai rien à personne.

J'aurais dû me contenter de ce sourire et la laisser seule. Mais une pulsion – celle de ne jamais m'avouer vaincu, d'aller chercher la victoire sans me décourager – me pousse à ne pas en rester là, et je lui fais un baisemain.

— Merci. Et bonne nuit.

Alors, afin de ne pas aggraver mon cas, je m'éloigne. Si Père avait été témoin de cette scène, il se serait arraché les cheveux. Je devrais me montrer plus fort que cela. Plus détaché.

Arrivé au niveau de la porte-fenêtre, je m'adresse aux gardes.

— Elle a besoin de calme. Si elle n'est pas rentrée d'ici une demi-heure, demandez-lui, gentiment, de vous suivre. Je vous serais également reconnaissant de faire motus sur ce que vous venez de voir. Est-ce clair ?

Ils acquiescent de la tête et je me dirige vers l'escalier. J'entends alors un garde chuchoter à l'autre :

— Qu'est-ce que ça veut dire, faire motus ?

Sitôt rendu au deuxième étage, je me retiens de courir jusqu'à ma chambre. Mon balcon surplombe les jardins, mais je ne veux pas être vu ; je me contente d'observer America derrière la vitre, le rideau tiré.

Elle reste assise sur le banc une dizaine de minutes, essuie ses larmes, défroisse sa chemise de nuit et regagne le palais. J'envisage un instant de me promener dans le couloir du premier étage, pour la croiser à nouveau, complètement par hasard bien sûr, mais je balaie cette idée de la main. Elle est bouleversée ce soir, loin d'être en pleine possession de ses moyens. Je ferais mieux de remettre ma promenade à demain.

Demain… quand j'irai à la rencontre des trente-quatre autres inconnues, quand je me plongerai enfin, tête la première, dans la compétition. Il faut tout de même que j'aie quelques pistes à leur sujet. Après m'être installé à mon bureau, je feuillette le dossier qui contient les formulaires. Je ne sais pas qui a eu la brillante idée d'inscrire les noms au verso des photos, mais ce n'est pas pratique. Je m'arme d'un stylo et note les noms au recto. Hannah, Anna… je vais les confondre, ces deux-là… Jenna, Janelle, Camille… il faudrait une mémoire d'éléphant pour tout retenir. Malgré tout je dois enregistrer quelques noms. Pour les autres, je m'en remettrai à leur broche.

Je me concentre sur celles qui sortent du lot. Celeste… ce nom me dit quelque chose. L'un de mes conseillers qui m'avait montré une photo d'elle en maillot de bain dans un magazine m'a dit qu'elle était mannequin. C'est sûrement elle la plus séduisante de toutes, et je la trouve tout à fait à mon goût. Lyssa me frappe elle aussi, mais plutôt de façon négative. Elle n'a rien d'avenant, à moins que sa personnalité ne fasse d'elle quelqu'un d'exceptionnel. Peut-être est-ce une considération futile, mais j'ai le droit d'avoir certaines exigences, non ? Ah, Elise. Grâce à ses yeux bridés, je devine qu'il s'agit de la jeune femme qui a de la famille en Nouvelle-Asie. Son principal – pour ne pas dire son unique – atout.

America.

J'étudie son portrait. Pourquoi – pour qui – sourit-elle aussi largement à l'instant où le photographe appuie sur le déclencheur ? Qu'est-ce qui la rend si radieuse ? Est-ce moi ? Les sentiments qu'elle éprouvait ce jour-là se sont-ils volatilisés ? Elle n'avait en effet pas l'air très heureuse de faire ma connaissance. En même temps… elle a fini par me sourire.

Demain, nous repartirons de zéro. J'ignore encore ce que je recherche chez une femme, mais ce portrait me donne déjà quelques indices. Peut-être est-ce sa détermination, ou sa franchise, sa peau veloutée, son parfum… mais je sais, avec une certitude aveuglante, que je veux gagner son affection.

Vaste programme…

6.

Je scrute la cravate bleue. Non. La beige ? Non plus. Vais-je tergiverser devant mon armoire chaque matin, aussi longtemps que durera la Sélection ? Je souhaite faire bonne impression sur le groupe – et me racheter auprès de l'une d'elles – mais je doute que la couleur de ma cravate ait un rôle à jouer là-dedans. Je pousse un soupir résigné. Ces filles me font déjà tourner en bourrique.

Si j'écoute le conseil de ma mère je dois rester moi-même, avec mes défauts. Retournant à la première cravate, je porte la dernière touche à ma tenue et je me lisse les cheveux vers l'arrière.

Je surprends mes parents en grande conversation près de l'escalier. J'hésite un instant à rebrousser chemin lorsque Mère me fait signe de les rejoindre. Elle tire sur mes manches, puis défroisse l'arrière de mon pardessus.

— N'oublie pas, me dit-elle, qu'elles sont terriblement nerveuses. La priorité, c'est de les mettre à l'aise. Qu'elles se sentent comme chez elles.

— Comporte-toi dignement, m'enjoint Père. Souviens-toi de ton rang.

— Tu n'es pas obligé de prendre une décision dans l'urgence. Très jolie, ta cravate.

— Écarte immédiatement celles qui ne te plaisent pas. Plus vite tu feras le tri, mieux ce sera.

— Sois poli.

— Sois déterminé.

— Parle avec elles.

— Ce n'est pas une plaisanterie, soupire Père. Ne l'oublie pas.

— Tu vas très bien t'en sortir, affirme ma mère avant de me serrer de toutes ses forces sur son cœur.

— Très bien, fils. Vas-y.

— Nous t'attendons dans la Salle des Banquets.

— Euh, oui. Merci.

Je m'attarde quelques secondes, histoire de reprendre mon souffle. Je sais que mes parents débordent de bonnes intentions, mais ils n'ont réussi qu'à m'angoisser davantage. Je dois me rappeler que les Sélectionnées sont aussi fébriles que moi. À l'idée de revoir America je descends l'escalier comme une flèche, mettant le cap sur la Salle d'Apparat, au rez-de-chaussée. Je prends une profonde inspiration et je frappe à la porte, une fois, avant de l'ouvrir.

Là, derrière une rangée de gardes, m'attendent, sagement assises, les trente-cinq Sélectionnées. Les flashs crépitent, immortalisant les réactions des unes et des autres. L'espoir qui se lit sur ces visages féminins me fait sourire ; elles semblent heureuses, et cela atténue mon malaise.

— Votre Altesse.

Derrière moi je découvre Silvia, en pleine révérence. J'ai failli oublier qu'elle serait aussi présente ; elle est chargée d'enseigner les nuances du protocole aux nouvelles venues – comme elle me les a enseignées durant ma petite enfance.

— Bonjour, Silvia. Si cela ne vous dérange pas, j'aimerais me présenter à ces jeunes femmes.

— Mais je vous en prie, répond-elle dans un souffle, en se pliant à nouveau en deux – elle prend le décorum beaucoup trop au sérieux.

Du regard, je cherche une chevelure rousse. Mon attention est détournée par les joyaux qui scintillent au poignet de l'une, aux oreilles de l'autre, au cou d'une troisième. Je finis par débusquer America au fond de la salle, et elle pose sur moi un regard différent des autres. Je lui adresse un sourire, ce qui semble ajouter à sa confusion.

— Mesdemoiselles, je vais vous appeler une par une pour échanger quelques mots avec vous. Je parie que, comme le mien, votre estomac crie famine, donc je ne vous retiendrai pas très longtemps. Pardonnez-moi si je ne mémorise pas tout de suite vos prénoms ; vous êtes assez nombreuses…

Certaines commencent à pouffer et je me rends compte, à mon grand soulagement, que j'arrive à mettre un nom sur une majorité des visages. Je m'approche de la jeune femme assise tout au bout du premier rang et je lui offre ma main, qu'elle saisit avec enthousiasme. Nous allons prendre place sur des sofas installés en prévision des entretiens individuels.

Par malheur, la Lyssa de la photo n'est pas plus avenante en chair et en os. Je lui accorde toutefois le bénéfice du doute.

— Bonjour, Lyssa.

— Bonjour, Altesse, répond-elle avec un sourire caricatural.

— Dites-moi, le palais vous plaît-il ?

— C'est magnifique. Je n'ai jamais vu quelque chose d'aussi superbe. Tout est vraiment magnifique. Oups, je radote, non ?

Je la rassure d'un sourire.

— Ne vous tracassez pas pour cela. Je suis ravi que l'endroit vous inspire autant. Que faites-vous dans la vie, Lyssa ?

— Je suis une Cinq. Née dans une famille de sculpteurs. En me promenant dans les couloirs, d'ailleurs, j'ai remarqué des œuvres incroyables. Absolument magnifiques.

— Merci. Combien de frères et sœurs avez-vous ?

J'essaie de m'intéresser à ses petites histoires, mais c'est peine perdue ; elle m'ennuie déjà. Au bout de quelques minutes d'une conversation inepte durant laquelle elle prononce le mot « magnifique » pas moins de douze fois, je sais que je ne vais pas faire ma vie avec elle.

Il est temps pour moi de passer à la candidate suivante, mais je ne veux pas maintenir Lyssa dans l'illusion. Je prends alors la décision de commencer mon choix, sans attendre plus longtemps. Ce sera moins cruel pour les candidates rejetées, et Père en sera sans doute impressionné. Après tout, il a dit et répété qu'il veut me voir faire preuve de détermination.

— Lyssa, merci de m'avoir consacré ces précieuses minutes. Une fois que j'en aurai fini avec les autres candidates, vous voudrez bien rester un peu plus longtemps, afin que nous puissions reprendre le fil de cette discussion ?

— Mais bien sûr, répond-elle, toute rougissante.

J'ai bien l'impression qu'elle n'a pas compris où je veux en venir, et cela me met mal à l'aise. Nous quittons nos sofas respectifs.

— Auriez-vous l'obligeance, ma chère Lyssa, de demander à votre voisine de venir me rejoindre ?

Elle me salue d'une révérence, puis retourne à sa place et chuchote quelques mots à la jeune femme assise à côté d'elle. Celeste Newsome. Je la reconnais immédiatement. Impossible d'oublier pareil visage.

— Bonjour, mademoiselle Celeste.

— Bonjour, Votre Altesse, susurre-t-elle.

Elle s'incline. Je prends aussitôt conscience que plusieurs des Sélectionnées vont avoir une emprise sur moi. Peut-être vais-je me laisser charmer par toutes ces jeunes femmes et me retrouver confronté à un dilemme, le cœur fragmenté.

Je l'invite à s'asseoir face à moi.

— Je crois comprendre que vous êtes mannequin.

— C'est vrai. Pour des marques de vêtements, en règle générale. J'ai la silhouette idéale pour cela, paraît-il.

Elle n'exagère pas : elle est aussi bien proportionnée qu'une statue.

— Et votre métier vous plaît ?

— Beaucoup. La photographie a le pouvoir de rendre éternelle une beauté fugace.

— Je suis on ne peut plus d'accord. Vous l'ignorez peut-être, mais la photographie est une de mes passions.

— Vraiment ? Nous devrions travailler ensemble un de ces jours.

— Excellente idée.

Ah ! Voilà qui s'annonce sous les meilleurs auspices. En moins de dix minutes, j'ai rayé un nom de la liste et trouvé un terrain d'entente avec l'une des candidates.

Je pourrais discuter une heure encore avec Celeste, mais le temps presse et le déjeuner est encore loin.

— Ma chère, vous me voyez navré de briser là mais je dois faire la connaissance de toutes les candidates ce matin.

— Évidemment. Il me tarde de poursuivre cette conversation, Votre Altesse.

Celeste, tout en se relevant, me lance une œillade… incendiaire, c'est le mot. Je me sens rougir jusqu'aux oreilles et tente de cacher mon trouble en inclinant la tête. J'inspire profondément à plusieurs reprises, afin de me concentrer sur la candidate suivante, de lui accorder toute l'attention qu'elle mérite.

Bariel, Emmica, Tiny et plusieurs autres se succèdent sur le sofa. Dans leur grande majorité, elles sont sympathiques, bien élevées. Mais aucune étincelle ne se produit.

C'est cinq candidates plus tard que la routine est bousculée. Alors que je m'apprête à accueillir la brune longiligne qui s'approche de moi, elle me tend la main.

— Bonjour, je m'appelle Kriss.

Un instant, je reste abasourdi. Nous nous apprêtons à échanger une poignée de main quand elle retire la sienne.

— Bon sang ! C'est une révérence que je dois faire ! grogne-t-elle. Quelle idiote. À peine arrivée, je fais une gaffe.

Elle s'excuse d'un sourire et je me liquéfie.

— Ne vous inquiétez pas, ma chère. Il y a eu bien pire.

— Vraiment ?

— Je ne vais pas rentrer dans les détails, mais oui. Vous avez fait un effort de politesse, au moins.

Elle s'assied, les yeux écarquillés ; elle se demande laquelle des candidates s'est montrée grossière avec moi.

— Kriss, parlez-moi de votre famille.

— Rien d'original. Je vis avec mes parents, qui sont tous les deux professeurs. J'aimerais enseigner moi aussi et j'écris un peu, à mes heures perdues. Je suis fille unique, et j'ai mis plusieurs années avant de l'accepter. Longtemps j'ai réclamé un petit frère ou une petite sœur à mes parents. Ils n'ont pas cédé.

J'esquisse un sourire. Je sais combien la solitude est dure à porter.

— Certainement parce qu'ils voulaient vous réserver tout leur amour.

— C'est l'excuse que vous ont donnée vos parents ?

Je me fige. C'est la première candidate qui s'intéresse à mon cas personnel.

— Pas tout à fait. Mais je comprends votre perspective.

Je veux retourner aux questions que j'ai préparées, mais elle me prend de vitesse.

— Ça va aujourd'hui ?

— Ça va. C'est un peu impressionnant.

— Le bon point, c'est que vous n'avez pas à porter ces robes.

— Imaginez la scène si je devais en porter une.

Mon rire fait écho au sien. J'imagine Kriss à côté de Celeste : le jour et la nuit. Il se dégage d'elle quelque chose d'équilibré, une spontanéité rafraîchissante. Notre tête-à-tête terminé, je n'ai d'elle qu'une impression très floue, car elle ne cesse de reporter la conversation sur moi, mais je devine qu'elle ne manque pas de qualités.

Presque une heure s'écoule avant que je ne revoie America. Entre-temps je me suis entretenu avec plusieurs options intéressantes – en y incluant Celeste et Kriss, qui auront sûrement la faveur de l'opinion. Cependant, la candidate qui la précède, Ashley, est l'antithèse de ce que j'attends de ma future femme, si bien qu'elle réussit à me les faire oublier. Lorsque America quitte son siège, je suis tout à elle.

Il y a une lueur de malice dans ses yeux. Je repense à la façon dont elle s'est comportée hier soir, à son caractère indomptable. Je prends le parti de la plaisanterie :

— America, si je ne m'abuse ?

— En effet. Je sais que j'ai déjà entendu votre nom quelque part, Votre Altesse, mais pouvez-vous me rafraîchir la mémoire ?

— Avez-vous bien dormi, ma chère ?

Je joue avec le feu, j'en ai conscience.

— Je ne suis pas plus votre « chère » aujourd'hui qu'hier, mais oui, merci. Une fois calmée, j'ai dormi comme un bébé. Mes femmes de chambre ont dû me tirer de force du lit.

Elle me confie cela comme si elle m'avouait un secret.

— Je suis ravi de l'apprendre, ma ch… America.

Son sourire se volatilise et elle devient pensive.

— Écoutez, Votre Altesse, dit-elle en évitant mon regard, je souhaiterais faire amende honorable pour mon comportement d'hier soir. Avant de m'endormir et après mûre réflexion, j'ai compris que vous n'êtes pas responsable de cette situation, si exceptionnelle qu'elle soit à mes yeux. Ce n'est pas vous qui m'avez entraînée là-dedans. Par ailleurs, vous avez été adorable alors que je me suis montrée, on peut le dire, odieuse.

Elle secoue la tête, comme indignée par son propre comportement, et les battements de mon cœur s'accélèrent.

— Vous auriez pu m'expulser hier soir, vous ne l'avez pas fait. Et je vous en remercie, conclut-elle.

Sa sincérité m'émeut.

— America, depuis le début vous avez joué franc jeu avec moi. C'est une qualité que j'admire profondément, et je vais vous demander d'être assez aimable pour répondre à une question, une seule.

Elle accepte, non sans hésitation.

— Vous dites que vous êtes ici par erreur, j'en déduis que vous n'avez pas envie de prendre part à la Sélection. Existe-t-il une chance, même infime, que vous développiez à l'avenir des… sentiments envers moi ?

Il s'écoule une éternité avant qu'elle ne me réponde, et j'essaie de me convaincre qu'elle me fait languir par souci de ne pas paraître trop empressée.

— Vous êtes très gentil, Votre Altesse…

Certes.

— … et séduisant…

En effet.

— … et attentionné…

N'en jetez plus ! Je crois bien que je l'ai séduite.

J'affiche un sourire que j'imagine parfaitement stupide. Quel nigaud je fais.

— … mais pour des raisons qui m'appartiennent, j'ai bien peur que ce soit impossible, conclut-elle d'une voix étranglée.

Pour la première fois, je remercie intérieurement Père de m'avoir appris à contrôler mes émotions, parfois de la manière forte.

— Pouvez-vous être plus claire ?

— Je… je crains que mon cœur ne soit déjà pris.

Des larmes perlent alors au coin de ses paupières.

— Oh non, pas de larmes ! Je suis désarmé devant une femme qui pleure !

Elle éclate de rire et s'essuie les yeux. Cela ne m'étonne pas, au contraire, que quelqu'un l'attende dans sa province. C'était prévisible. Un jeune homme intelligent a dû jeter très tôt son dévolu sur une personne d'aussi grande qualité. Comment diable s'est-elle retrouvée ici, je l'ignore, mais cela ne me regarde pas.

— Souhaitez-vous que je vous renvoie chez vous, afin que vous puissiez retrouver au plus vite celui qui a gagné votre amour ?

— Là est le problème… Je ne veux pas rentrer chez moi.

— Tiens donc ?

Si elle ne veut pas de moi, si elle ne veut pas de lui, que veut-elle, nom d'un chien ?

— Puis-je être honnête avec vous ? Il faut que je reste ici. C'est une nécessité pour ma famille. Si vous m'autorisez à rester une semaine, mes proches profiteraient d'une manne…

— Une manne financière, vous voulez dire ?

Elle ne se bat pas pour la couronne, mais je possède quand même quelque chose qu'elle convoite.

— Oui. Et il y a… certaines personnes que je ne peux pas supporter de revoir…

Le déclic se produit enfin en moi. Ils ne sont plus ensemble. Elle a toujours des sentiments pour lui, mais leur histoire appartient au passé. Je comprends ce qu'elle éprouve. Si je pouvais échapper aux pressions de ma charge ne serait-ce qu'une semaine, je sauterais sur l'occasion.

— Si vous m'autorisez à rester au palais, même quelques jours, Votre Altesse, je vous propose un marché.

Voilà qui devient intéressant.

— Un marché ?

Elle se mord la lèvre.

— Si je reste… Bon, très bien, écoutez. En tant qu'altesse royale, avec notre pays à gouverner, vous n'avez pas une minute à vous. Vous êtes censé trouver le temps de passer au crible trente-cinq, ou plutôt trente-quatre, prétendantes ? C'est beaucoup vous demander, vous ne trouvez pas ?

Sa réflexion prend l'apparence d'une plaisanterie, mais la vérité est qu'elle a mis dans le mille avec une précision déconcertante.

— Cela ne vous arrangerait pas d'avoir une alliée dans la place ? Un soutien ? Une amie, en quelque sorte ?

— Une amie ?

— Oui. Laissez-moi rester au palais, et je vous apporterai mon aide. Je serai votre amie. Vous n'aurez pas à me faire la cour, c'est un souci en moins. Déjà vous savez que je ne vous considère pas comme un mari potentiel, mais vous pourrez me parler à tout moment, comme bon vous plaira, et je vous épaulerai du mieux possible. Vous m'avez dit hier soir que vous recherchiez une confidente. Je pourrais tenir ce rôle, et ensuite je passerais le relais à votre future épouse. Si c'est ce que vous souhaitez.

Si c'est ce que je souhaite… je pourrais apporter mon aide à cette jeune femme. Et peut-être même profiter de sa présence un peu plus longtemps. Père serait malade, bien entendu, d'apprendre que l'une des candidates va espionner les autres pour mon compte… Le projet n'en devient que plus séduisant.

— J'ai discuté avec toutes les jeunes filles présentes dans cette pièce, ou presque, et aucune ne vous arrive à la cheville. Je serais ravi de vous garder auprès de moi.

America se détend à vue d'œil. Même si je sais que je ne gagnerai jamais son affection, je n'ai pas l'intention d'abandonner la partie.

— Pensez-vous que je pourrai un jour vous appeler « ma chère » ?

— N'y comptez pas trop.

Voilà qui sonne comme un défi.

— Ce n'est que partie remise. Je ne suis pas du genre à baisser les bras.

— Vous avez donné un petit nom affectueux à chacune ? demande-t-elle en désignant les autres candidates, une grimace agacée sur le visage.

— Oui, et elles n'avaient pas l'air de s'en plaindre.

— Et c'est justement pour cette raison qu'à moi, ça ne me plaît pas.

Elle me défie d'un sourire et, en se relevant, coupe court à notre tête-à-tête. C'est la première à interrompre ainsi notre échange. J'incline légèrement la tête, elle se fend d'une révérence approximative et s'éloigne.

Je compare mentalement America aux autres Sélectionnées. Elle est charmante, quoique brut de décoffrage. Elle n'a pas conscience de sa beauté, une beauté qui sort des schémas classiques, ni de l'impact qu'elle peut avoir sur les gens. Elle n'a pas vraiment l'allure d'une princesse, même si sa fierté a quelque chose de royal. Sans oublier que je n'éveille rien en elle, ni désir ni sentiment. Et pourtant, je n'arrive pas à me défaire de l'envie de gagner son cœur.

Ce que m'offre la Sélection, c'est la possibilité de me lancer à la conquête d'America.

Découvrez maintenant
des chapitres supplémentaires exclusifs de

LE PRINCE

traduit de l'anglais (États-Unis)
par Cécile Ardilly

7.

— Mesdemoiselles, à moins que je ne vous aie demandé de rester, veuillez suivre Silvia. Elle va vous conduire jusqu'à la salle à manger. Je vous y rejoindrai sous peu.

Les jeunes filles se jettent des regards furtifs. J'ai pris la bonne décision, je n'en doute pas. Maintenant, il faut dire au revoir à certaines d'entre elles. Cela ne devrait pas être compliqué, d'autant que nous avons à peine lié connaissance. Comment pourraient-elles s'être attachées en si peu de temps ?

La salle se vide peu à peu. Seules demeurent face à moi huit jeunes femmes affichant un sourire forcé.

Je les observe en silence, embarrassé. Si seulement j'avais préparé mon discours d'adieu !

— Merci d'être restées quelques minutes de plus, bafouillé-je. Et surtout, merci d'être venues au palais, de m'avoir donné une chance de faire votre connaissance.

Mes mots sont accueillis par de petits rires nerveux. Certaines baissent les yeux, les joues écarlates. Clarissa rejette sa chevelure en arrière d'un ample mouvement de tête.

— Je suis néanmoins au regret de vous annoncer que votre aventure s'arrête ici. Vous pouvez… disposer ?

La fin de ma phrase sonne davantage comme une question que comme une affirmation. Heureusement que Père n'a pas assisté à la scène.

Ashley fond aussitôt en larmes. Je me crispe, de plus en plus mal à l'aise.

— C'est parce que je me suis teint les cheveux, c'est ça ? demande sa voisine.

— Pardon ?

— C'est parce que je suis une Cinq, n'est-ce pas ? s'exclame Hannah.

— Vous êtes une Cinq ? Je l'ignorais…

Clarissa se jette à mes pieds et s'empare de mes mains.

— Je vais m'améliorer, je vous le jure !

— Pardon… ?

Un garde vole à mon secours. Il la contraint à me lâcher, puis l'escorte en dehors de la pièce. Je la suis du regard, encore abasourdi par la scène d'hystérie qui vient de se dérouler sous mes yeux. Ces jeunes filles ne savent-elles pas se tenir ?

— Mais pourquoi ? me demande une petite voix d'un ton si doux que mon cœur se serre.

C'est comme si je revivais la conversation que j'ai eue avec Daphné.

En me retournant, je m'aperçois qu'elles affichent toutes une mine affligée, à croire que je viens d'anéantir leur seul espoir d'avenir. Cela fait à peine vingt minutes que nous nous sommes rencontrés. C'est à n'y rien comprendre.

— Je suis navré. Je n'ai rien ressenti, c'est tout.

Mia esquisse un pas vers moi, les larmes aux yeux même si elle tente de camoufler sa déception. En un sens, j'admire son sang-froid.

— Et ce que nous ressentons, nous, ça ne compte pas ?

Elle plante ses yeux noisette dans les miens.

— Bien sûr que si…

Après tout, rien ne m'oblige à éliminer qui que ce soit dès le premier jour. Mais à quoi bon revenir sur ma décision ? Ce n'est pas parce qu'on me reproche d'agir sur un coup de tête que je dois me raviser.

Non. Ma décision est prise. Je dois être ferme.

— Je suis sincèrement navré de vous avoir causé de la peine. Sélectionner une épouse parmi trente-cinq jeunes femmes talentueuses et charmantes, ce n'est pas une mince affaire. Par conséquent, je dois suivre mon instinct. Autant dans votre intérêt que dans le mien. J'espère que nous allons nous séparer de la manière la plus courtoise possible.

Mon discours n'a pas l'effet escompté. Mia, peu impressionnée, me lance un regard glacial avant de sortir. La plupart des autres candidates lui emboîtent le pas. De toute évidence, nous ne nous quitterons pas bons amis.

Ashley, la plus émue d'entre elles, s'approche de moi et m'enlace sans un mot. Je lui rends maladroitement son étreinte.

— Je n'arrive pas à croire que ce soit déjà terminé. Je pensais vraiment avoir ma chance, lâche-t-elle d'une voix stupéfaite.

— Je suis navré.

Elle fait un pas en arrière, chasse les larmes de ses yeux et, une fois remise de ses émotions, m'offre une révérence pleine de grâce.

— Bonne chance, Votre Altesse.

Elle redresse la tête et s'éloigne.

Je la rappelle à l'instant où elle va franchir le seuil.

— Ashley ?

Elle marque une pause et pivote vers moi, une lueur d'espoir dans le regard.

Non, je ne peux pas. Il faut que je m'affirme.

— Bonne chance à vous aussi.

Elle me gratifie d'un dernier sourire et disparaît.

Quelques instants s'écoulent dans un profond silence. Je me tourne vers les gardes présents dans la pièce.

— Vous pouvez disposer, dis-je, impatient de me retrouver seul.

Je m'approche du sofa où je me suis entretenu avec chacune des candidates et enfouis mon visage dans mes mains.

De toute façon, tu ne pourras en épouser qu'une. Il fallait le faire. C'était inéluctable. Peut-être que ça semble irréfléchi mais ce n'est pas le cas. C'est un acte délibéré.

Les doutes m'envahissent malgré moi. Ashley s'est montrée adorable. Ai-je déjà commis une erreur ? Éliminé une fille qui aurait potentiellement pu me plaire, avec le temps ? Pourtant je n'ai rien éprouvé lorsqu'elle s'est assise face à moi, pas même l'ombre d'une étincelle.

J'inspire profondément et je me lève. Ce qui est fait est fait. Il est temps d'aller de l'avant. Il reste vingt-sept filles. C'est sur elles que je dois désormais focaliser toute mon attention.

Un sourire plaqué sur les lèvres, je traverse le large hall d'entrée et gagne la salle à manger, où le petit déjeuner bat son plein. Dès que j'apparais, les chaises crissent sur le parquet.

— Je vous en prie, mesdemoiselles. Restez assises. N'interrompez pas votre repas.

Tout va bien. Tout va pour le mieux.

Je pose un baiser sur la joue de ma mère et assène une tape affectueuse à mon père avant de prendre place à la table, m'efforçant de renvoyer au public une image idyllique de notre famille.

— Certaines candidates nous ont déjà quittés, Votre Altesse ? s'enquiert Justin en me versant une tasse de café.

— Vous savez, un jour j'ai lu un livre sur un polygame. Un homme qui a plusieurs femmes. C'est fou. Il y a quelques instants à peine, j'étais dans une pièce emplie de femmes furieuses. Comment un homme sain d'esprit peut-il se mettre délibérément dans pareille situation ? Je vous le demande !

Bien que mon ton soit léger, mon sentiment, lui, est bien réel.

Justin éclate de rire.

— Vous avez de la chance, monsieur, il ne vous en faut qu'une.

— De la chance, en effet.

Pensif, je bois une gorgée de café noir.

Il ne m'en faut qu'une, certes. Mais comment choisir la bonne ?

— Combien de jeunes filles sont parties ? demande Père en découpant son bacon.

— Huit.

Il hoche la tête.

— C'est un bon début.

Père approuve. Me voilà en partie rassuré.

Dans un soupir, je réfléchis à la suite. Je vais devoir apprendre à connaître chacune des Sélectionnées individuellement. Une boule se forme dans ma gorge. Balayant la salle du regard, je songe à toute l'énergie, à tout le temps qu'il me faudra pour me familiariser avec vingt-sept filles.

Quelques-unes répondent à mon regard par un sourire tandis que je les passe en revue, une à une.

Tant de beautés ici réunies. J'ai le sentiment que certaines d'entre elles sont plus versées que d'autres dans les choses de l'amour et cela m'intimide.

Mes yeux se posent sur America. La bouche pleine de tarte aux fraises, elle est aux anges. Je réprime un éclat de rire et, soudain, une idée me vient.

— Mademoiselle America ?

Elle cesse brusquement de mastiquer et, les yeux écarquillés, elle tourne vers moi son visage rouge pivoine. J'ai toutes les peines du monde à garder mon sérieux.

Elle se couvre la bouche des deux mains et avale rapidement sa bouchée.

— Oui, Votre Altesse ? dit-elle en s'étranglant à moitié.

— Le petit déjeuner est-il à votre convenance ?

La nuit dernière, elle m'a avoué que si elle restait au palais, c'est uniquement dans le but de profiter de la nourriture. Je me demande si elle saisit mon allusion. En un sens, c'est assez amusant de sortir une plaisanterie que seule une personne parmi une assemblée peut comprendre.

Une étincelle espiègle illumine son regard, à moins que ce ne soit le fruit de mon imagination.

— Tout est excellent, Votre Altesse. La tarte aux fraises... J'ai une sœur qui raffole encore plus que moi des pâtisseries. Je crois qu'elle verserait quelques larmes si elle mangeait cette tarte. Parfaite, tout simplement.

Je m'en sers une part tout en échafaudant un plan.

— Vous croyez vraiment qu'elle en pleurerait ?

Pensive, America fronce son joli minois.

— Oui, j'en suis certaine. Elle extériorise facilement ses émotions.

— Vous voulez parier ?

— Si j'avais de l'argent à ma disposition, oui, sans hésiter, me répond-elle avec un sourire.

Parfait.

— À défaut d'argent, que voudriez-vous miser ? Vous semblez très avisée.

Père me dévisage d'un air suspicieux. Mon allusion n'est pas des plus subtiles.

— Que voulez-vous de moi ? demande-t-elle à son tour.

Un premier rendez-vous selon mes propres règles. Une soirée en compagnie d'une candidate que je n'ai pas besoin d'impressionner puisque, d'après elle, c'est peine perdue.

J'esquisse un sourire.

— Et vous, que voulez-vous ?

Elle réfléchit à la question. À vrai dire, elle pourrait me demander la lune.

— Si ma sœur pleure… Je revendique le droit de porter des pantalons une semaine durant.

Je masque mon amusement tandis que toute la salle s'esclaffe. Même Père se déride, tout au moins en apparence. Mais ce qui me plaît le plus, c'est la réaction d'America. Bien que tout le monde rie de sa requête, elle garde la tête haute et soutient mon regard. Au lieu de me demander autre chose, elle campe sur ses positions. America sait ce qu'elle veut.

Un trait de caractère tout à fait charmant.

— Marché conclu. Et si jamais elle ne pleure pas, vous me devez une promenade dans le jardin demain après-midi.

Des cris de surprise résonnent à travers la salle ; Père pousse un soupir. Il est sans doute beaucoup plus au fait des candidates que moi. America ne figure pas parmi ses favorites, c'est évident. Si son nom s'est retrouvé sur la liste des Sélectionnées, c'est seulement par calcul, j'en suis sûr. Il fallait bien qu'une Cinq fasse partie des candidates, par souci de réalisme.

America envisage ma proposition un court instant avant de hocher la tête.

— Vous êtes dur en affaires, Votre Altesse, mais j'accepte.

— Justin ? Allez donc emballer quelques-unes de ces tartelettes et envoyez ce paquet à la famille d'America Singer. Que quelqu'un soit présent au moment où la sœur de mademoiselle goûtera l'une des pâtisseries, et qu'il nous fasse savoir si elle pleure, oui ou non. Cela m'intrigue.

Mon majordome hoche la tête avec un sourire avant de s'éclipser.

— Je vais vous demander d'écrire un petit mot qui sera joint à l'envoi, pour rassurer votre famille.

En fait, tout le monde devrait en faire autant. Après le petit déjeuner, mesdemoiselles, écrivez une lettre à vos proches, je m'engage à ce qu'ils la reçoivent aujourd'hui même.

Mes candidates affichent toutes un sourire ravi. En une matinée, j'ai fait la connaissance de toutes les Sélectionnées, j'ai retenu le prénom de la plupart d'entre elles, j'en ai congédié certaines et j'ai planifié mon premier rendez-vous galant. J'ai beau trouver tout cela perturbant, force est d'admettre que c'est une réussite.

— Navré de l'attente, Votre Altesse. Nous avons dû nous rendre dans un magasin en ville, s'excuse Seymour en tirant à sa suite un portemanteau à roulettes où pend un assortiment de pantalons.

— Ce n'est pas grave, dis-je en repoussant une liasse de papiers sur mon bureau. Qu'avez-vous déniché ?

— Nous avons l'embarras du choix, Votre Altesse. Je suis certain que vous trouverez votre bonheur parmi ce lot, et surtout de quoi satisfaire la demoiselle.

Je fixe les vêtements, la mine déconfite.

— Quel genre de pantalon convient à une jeune femme ?

Seymour secoue la tête d'un air amusé.

— Ne vous tracassez pas, Votre Altesse, je maîtrise la situation. Tenez, ce pantalon blanc a une coupe très féminine et se marie avec la plupart des couleurs. Dès lors, n'importe quel haut fera l'affaire. Celui-là aussi.

Il me présente différents modèles, que je cherche à distinguer les uns des autres. Lequel préférerait-elle ?

— Seymour, peut-être est-ce un détail, mais sachez que la demoiselle en question appartient à la caste des Cinq. Pensez-vous qu'elle sera à l'aise dans ce genre de vêtements ?

Il examine le portemanteau.

— Si elle est au palais, monsieur, c'est qu'elle n'est pas insensible au luxe.

— Mais si elle y était si sensible, n'aurait-elle pas parié autre chose qu'un vulgaire pantalon ?

Il m'accorde ce point.

— Je sais ce qu'il lui faut ! déclare-t-il alors. Un jean.

Il farfouille à l'arrière du portant, d'où il extirpe une paire de denim. Je n'ai moi-même jamais porté de jean. Ce tissu ne m'a jamais paru très seyant.

— Mon petit doigt me dit qu'elle aura une préférence pour celui-ci, ajoute-t-il.

Je passe une nouvelle fois les modèles en revue.

— Oui, mettez-le de côté. Mais ajoutez le pantalon blanc. Et peut-être un troisième, par mesure de précaution. Est-ce qu'ils seront à sa taille ?

Seymour acquiesce.

— Nous allons les faire couper sur mesure. Ils seront prêts ce soir. La demoiselle a-t-elle donc remporté le pari ?

— Pas encore. Mais si je me montre généreux, j'espère qu'elle acceptera tout de même de se promener en ma compagnie, quelle que soit l'issue du pari.

— Elle doit vraiment vous plaire, remarque Seymour en poussant le portant dans le couloir.

Je ne réponds pas, mais en refermant la porte derrière lui, je songe à la question. America exerce sur moi un magnétisme indéniable. Renforcé par le fait qu'elle ne me court pas après.

Cette pensée m'arrache un sourire.

8.

— Vous en êtes sûr ?

— Absolument, Votre Altesse, répond le messager.

— Pas une seule larme ?

Un sourire lui fend le visage.

— Pas une seule.

Je m'arrête devant la porte d'America. Curieusement, je suis nerveux. Mon cœur bat à tout rompre. C'est stupide, elle ne ressent rien pour moi et me l'a bien fait comprendre. C'est d'ailleurs pour cette raison que je l'ai choisie pour mon premier rendez-vous. Pas de panique. Tout devrait bien se passer.

Au lieu d'une servante, c'est America en personne qui m'ouvre la porte, avec un air espiègle.

— Afin de ménager les apparences, auriez-vous l'obligeance de vous appuyer à mon bras ? dis-je en le lui présentant.

Dans un soupir, elle l'accepte et je l'escorte le long du couloir.

Je m'attends à ce qu'elle se plaigne, qu'elle répète que ce n'est pas juste, qu'elle aurait dû remporter le pari, toutefois elle reste silencieuse. Est-elle contrariée ? Se force-t-elle à m'accompagner pour honorer sa dette ?

— Je suis navré que votre sœur n'ait pas pleuré, dis-je.

— Vous, navré ? Menteur, me taquine-t-elle.

Elle n'est pas fâchée. Peut-être est-elle simplement distraite. J'ai l'impression que l'humour est notre mode de communication. Du moment que nous plaisantons, nous nous entendrons.

— C'est mon tout premier pari. Ce n'est pas désagréable de gagner.

— La chance du débutant, rétorque-t-elle.

— Peut-être. La prochaine fois, nous essaierons de la faire rire.

Elle lève les yeux au ciel. Je tente de lire dans ses pensées.

— Parlez-moi de votre famille.

Elle fait la moue.

— Cela vous intéresse vraiment ?

— Mais oui. Elle doit être aux antipodes de la mienne.

J'ai glané certains petits détails, ici et là, pourtant j'ai encore du mal à me représenter clairement sa famille. America n'est pas fille unique. Elle vit dans une maison très modeste… sa sœur pleure lorsqu'elle mange des pâtisseries…

— Déjà, personne ne porte de couronne au petit déjeuner.

Elle part d'un rire mélodieux, très approprié à son grade de Cinq. La caste des musiciens.

— Au dîner, alors ?

— Tout à fait.

Je ris à mon tour. America a de l'esprit, ce qui n'est pas pour me déplaire. Je me reconnais un peu en elle, quand elle se permet certaines remarques. Curieux. Je me demande si deux personnes issues de milieux radicalement opposés peuvent finir par développer une personnalité similaire.

— Je suis la troisième d'une fratrie de cinq enfants.

— Cinq ! Bon sang, ce doit être bruyant.

— Oui, cinq, répète-t-elle, surprise par ma réaction. La plupart des familles de ma caste sont très nombreuses. J'aimerais avoir beaucoup d'enfants moi aussi.

— Vraiment ?

Un autre point commun. Très intime, qui plus est

Elle lâche un timide *oui*. Je ne sais pas pourquoi, mais je suis gêné de discuter de l'avenir avec une fille qui ne s'intéresse pas à moi.

— Bref, poursuit-elle, ma sœur aînée, Kenna, a épousé un Quatre. Elle travaille dans une usine à présent. Ma mère désire que j'épouse un Quatre, moi aussi. (*Pourquoi pas un Un ?*) Mais je ne veux pas être obligée d'arrêter de chanter. Chanter, c'est ma passion.

Ah, je comprends mieux. Le garçon qu'elle a laissé derrière elle doit être un Cinq très talentueux.

— Sauf que je suis devenue une Trois, reprend-elle d'une voix mélancolique. C'est très étrange, il va falloir que je m'y fasse. Je vais essayer de rester dans le domaine de la musique, si possible. Après Kenna, il y a Kota, mon cadet. C'est un artiste. Il est venu me dire au revoir mais on ne le voit pas très souvent.

Son ton dévoile une souffrance enfouie. Mais elle a tôt fait de changer de sujet et je n'ai pas l'occasion d'approfondir la question.

— Ensuite, il y a moi, dit-elle comme nous parvenons aux escaliers.

Mon visage s'éclaire.

— America Singer, ma meilleure amie.

Elle roule ses yeux bleus avec malice. La lumière du plafonnier s'y reflète.

— Oui.

Ces mots me procurent un étrange réconfort.

— May est ma petite sœur. Celle qui m'a fait perdre mon pari en ne pleurant pas. Franchement, c'est trop injuste. Je n'arrive pas à croire qu'elle n'ait pas versé une seule larme ! Enfin, bon… c'est une artiste en herbe. Je… je l'adore. Puis vient Gerad, le petit dernier. Il a sept ans. C'est notre bébé. Du coup, il n'a pas encore trouvé sa voie. Il hésite encore entre l'art plastique et la musique. Pour le moment, il aime surtout jouer au foot et observer les insectes. Ce qui ne me dérange pas en soi, sauf que ce n'est pas avec ça qu'il va gagner sa croûte. On l'encourage à expérimenter plus de choses. Voilà, je crois que je n'ai oublié personne.

— Et vos parents ? dis-je, désireux de tout connaître d'elle.

— Et si vous me parliez plutôt des vôtres ?

— Vous les connaissez déjà.

— Non. Je ne connais d'eux que l'image qu'ils renvoient au public. Comment sont-ils en réalité ? me demande-t-elle d'un ton implorant.

Comment lui parler d'eux sans briser le mythe ? *Je crains que ma mère ne soit malade. Elle a souvent des migraines et paraît fatiguée. J'ignore si la cause de tout cela remonte à son enfance ou à un événement postérieur. Je suis à peu près sûr que je devrais avoir au moins un frère, et je ne sais pas si c'est lié ou non. Quant à mon père… parfois, mon père…*

Nous arrivons dans le jardin, où les cameramen sont postés, prêts à nous suivre pour ne pas perdre une miette de notre entrevue. Je n'ai aucune envie qu'on filme ce moment. J'ignore comment va se dérouler notre rendez-vous, et à quel point nous allons nous confier l'un à l'autre. En revanche, je sais qu'il ne se passera rien si le public épie nos moindres faits et gestes. Après avoir chassé l'équipe, je reviens à America et m'aperçois qu'elle est nerveuse.

— Ça va ? Vous semblez tendue.

Elle hausse les épaules.

— Vous êtes désarçonné par les femmes qui pleurent. Moi, ce sont les promenades en compagnie du prince qui me font perdre mes moyens.

Le coin de mes lèvres se retrousse.

— Que trouvez-vous de si troublant chez moi ?

— Votre personnalité. Vos intentions. Je ne sais pas quoi espérer de cette promenade.

Suis-je si énigmatique ? Peut-être que oui. Je suis passé maître dans l'art des sourires mystérieux et des demi-vérités. Pourtant, ce n'est pas l'image que j'ai envie de donner de moi.

Je me penche vers elle.

— Je crois que vous avez dû vous rendre compte que ce n'est pas dans mes habitudes de tourner autour du pot. Je vais vous dire exactement ce que j'attends de vous.

J'aimerais apprendre à vous connaître. Vraiment. Même si vous n'avez pas l'intention de rester.

Je me rapproche d'elle un peu plus, je sens son corps contre le mien, et m'arrête brusquement, en proie à une douleur paralysante. Je me plie en deux et recule de quelques pas. Ce mouvement exige de moi un effort considérable. Je n'ai qu'une envie, m'affaler par terre et me recroqueviller, pourtant je m'y refuse. Un prince ne se roule pas dans l'herbe.

— Mais qu'est-ce qui vous prend ?!

J'ai presque du mal à reconnaître ma voix tant elle est aiguë. On dirait celle d'une fillette de cinq ans. Éraillée, qui plus est, comme celle d'un fumeur.

— Ne vous avisez pas de me toucher, ou ce sera encore plus douloureux !

— Quoi ?

— J'ai dit...

— Non, espèce de psychopathe, j'ai compris ce que vous m'avez dit. Ce que je ne comprends pas, c'est ce qui vous a poussé à me frapper l'entrejambe. Vous avez perdu la tête ?

Ses yeux s'ouvrent comme des soucoupes et elle plaque ses mains sur sa bouche, comme si elle venait de se rendre compte de sa méprise. Des bruits de pas précipités se rapprochent. Je me tourne vers les gardes et lève un bras pour les stopper dans leur élan. Puis je me redresse tant bien que mal et je les congédie.

— Quelle idée saugrenue vous a traversé l'esprit ?

Elle baisse les yeux.

— America, répondez-moi !

Son silence est éloquent. Jamais de ma vie je n'ai été insulté ainsi.

— America, qu'avez-vous cru ? Devant les gardes ? Vous avez pensé... ? Incroyable. Je sais me tenir, quand même !

En dépit de la douleur qui me tenaille le bas-ventre, je relève les épaules et m'éloigne. Une question m'effleure alors et je me retourne une dernière fois.

— Pourquoi m'avoir offert votre aide si vous avez une si piètre idée de moi ?

Elle se mure dans le silence.

— Vous dînerez dans votre chambre ce soir. Je réglerai cette affaire demain matin.

Je m'en vais à grands pas, fou de rage. Quelle humiliation ! Une fois dans ma chambre, je claque la porte.

Quelques secondes plus tard, mon majordome frappe.

— Je vous ai entendu rentrer, Votre Altesse. S'il y a quoi que ce soit que je puisse faire…

— Des glaçons, dis-je d'une voix geignarde. Apportez-moi des glaçons !

Il se volatilise, et je me laisse choir sur mon lit, rongé par la colère. La main sur les yeux, je tâche d'y voir clair. Et dire qu'à peine quelques minutes plus tôt, j'étais sur le point de me confier à elle !

Pour un premier rendez-vous censé passer comme une lettre à la poste, quel fiasco !

J'écume de rage. Le majordome revient bientôt. Il dépose un plateau sur ma table de chevet avant de s'éclipser sur la pointe des pieds.

Non mais, pour qui se prend-elle ? Une Cinq s'attaquant à son futur roi ! On aura tout vu. Il me suffirait de claquer des doigts pour qu'on lui inflige un châtiment exemplaire.

America a tout gagné : je vais la renvoyer chez elle. Hors de question de la garder sous mon toit après son exploit de ce soir.

Je rumine la situation des heures durant, songeant à la manière dont j'aurais dû réagir sur le moment. Et plus je me repasse la scène, plus je fulmine. Quel genre de demoiselle se comporte de la sorte ? Pense-t-elle pouvoir s'en prendre à son prince en toute impunité ?

Puis, étrangement, à force de ressasser, l'irritation finit par se muer en admiration.

America n'a pas froid aux yeux !

Je me demande laquelle des autres Sélectionnées aurait le cran de me tenir tête, dans une situation semblable.

America a coupé court à toute tentative, sans se soucier des retombées de son acte. Elle a mal interprété mes intentions, certes, mais elle ne s'est pas laissé faire. Une qualité des plus admirables. Un trait de caractère que je souhaiterais moi-même posséder. Peut-être qu'en passant un peu de temps en sa compagnie, sa hardiesse finira par déteindre sur moi.

C'est décidé. Il faut qu'elle reste.

LE GARDE

traduit de l'anglais (États-Unis)
par Cécile Ardilly

1.

— Debout, Leger !

Je pousse un grognement.

— C'est mon jour de repos, dis-je en enfouissant la tête sous la couette.

— Personne n'est de repos aujourd'hui. Lève-toi. Je vais tout t'expliquer.

Je lâche un soupir. D'habitude, je suis plutôt enthousiaste à l'idée de travailler. La routine, la discipline, le sentiment d'avoir accompli quelque chose d'utile à la fin de la journée : tout ça n'est pas pour me déplaire. Aujourd'hui, c'est une autre histoire.

La nuit dernière, lors du bal d'Halloween, j'ai joué ma dernière carte. Tandis que je dansais avec America, et qu'elle se plaignait de la froideur de Maxon à son égard, je lui ai rappelé qui nous sommes. Et j'ai senti le courant passer entre nous, comme avant. Les liens qui nous unissent sont toujours là. Peut-être sont-ils effilochés, à cause de toute la pression exercée par la Sélection, mais ils tiennent bon.

— Promets-moi de m'attendre, l'ai-je imploré.

Bien qu'elle n'ait rien répondu, je n'ai pas perdu espoir.

Puis Maxon est apparu, dégoulinant de charme, de richesse et de pouvoir, et s'est dirigé droit vers elle. Et là, j'ai su. J'ai su que j'avais perdu la bataille.

Maxon lui a susurré quelques mots sur la piste de danse. J'ignore ce qu'il a bien pu dire à America. Son visage s'est détendu d'un seul coup et elle est restée collée contre lui tandis que se succédaient les morceaux de musique. Les yeux plongés dans les siens, elle l'a couvé du regard le reste de la soirée. Un regard qui m'était autrefois réservé.

Je les ai épiés jusqu'à la fin du bal. Et peut-être que j'ai un peu trop forcé sur la bouteille. Peut-être que le vase, dans le vestibule, s'est retrouvé en mille morceaux par ma faute. Et peut-être que j'ai dû mordre mon oreiller pour étouffer mes pleurs de peur qu'Avery m'entende pendant la nuit.

Ce matin, je crains le pire. La remarque d'Avery éveille mon inquiétude. Il y a des chances pour que Maxon ait fait sa demande en mariage hier soir, après le bal, et qu'il compte le révéler à ses sujets aujourd'hui. Voilà qui expliquerait que tous les gardes soient exceptionnellement d'astreinte.

Comment suis-je censé remplir mon devoir, assurer la protection du prince pendant qu'il annoncera ses fiançailles en public ? Il va lui offrir une bague telle que je ne pourrai jamais me le permettre, une vie que je ne pourrai jamais lui donner... Et je le haïrai jusqu'à mon dernier souffle pour cette raison.

Je me redresse dans mon lit, la mine sombre.

— Qu'est-ce qui se passe ?

— Un truc terrible, répond Avery. Vraiment terrible.

Inquiet, je lève la tête. Assis sur sa paillasse, Avery boutonne sa chemise. Je croise son regard. Quelque chose le tracasse.

— Comment ça ?

S'il s'agit d'une fausse urgence, d'un problème domestique du genre : « Impossible de trouver les bonnes nappes pour célébrer l'occasion », je retourne me coucher illico.

Avery pousse un soupir.

— Tu connais Woodwork ? Un type jovial, très souriant.

— Oui. On fait parfois des tours de ronde ensemble. Il est très sympa.

Woodwork est un Sept. Comme moi, il est issu d'une famille nombreuse et a perdu son père. Nous avons presque immédiatement accroché. Il travaille dur et a mérité de monter d'une caste.

— Pourquoi ? Il lui est arrivé un truc ?

Avery paraît sous le choc.

— On l'a surpris en compagnie d'une des Sélectionnées la nuit dernière.

Je me fige.

— Hein ?! Comment ça ?

— Une équipe filmait divers endroits du palais. L'un des cameramen a entendu du bruit dans un placard. En l'ouvrant, ils ont découvert Woodwork en compagnie de Mlle Marlee.

— Mais c'est…

La meilleure amie d'America.

— … incroyable.

— Absolument, réplique Avery en enfilant ses chaussettes. Woodwork n'est pourtant pas stupide. Il devait avoir un coup dans le nez.

Probable. Mais, à mon avis, ce n'est pas la raison principale. Woodwork est futé. Très attaché à sa famille, prêt à tout pour subvenir aux besoins des siens. Non, s'il a pris un si gros risque, c'est par amour. Il est sans doute très épris de Marlee. Comme moi d'America.

Je me masse les tempes afin de calmer mon mal de crâne. Ce n'est vraiment pas le moment de se laisser aller.

Un frisson me parcourt soudain l'échine.

— On va les… on va les exécuter ?

N'est-ce pas le sort que le palais réserve aux traîtres ?

Avery me fait signe que non, et mon cœur se remet à battre.

— Ils vont être fouettés. En public. Devant les filles de l'Élite et leur famille. Des tribunes ont été dressées devant le palais. Du coup, nous sommes tous d'astreinte. Enfile ton uniforme.

Il se met debout et se dirige vers la porte en lançant, par-dessus son épaule :

— Et prends un bon café avant de te présenter au chef. Tu devrais voir ta tête. On croirait que c'est toi qu'on va fouetter aujourd'hui.

Je grimpe au quatrième étage, qui offre une vue par-delà les murs d'enceinte du palais. Je m'approche d'une fenêtre à grands pas. Mon regard se pose en contrebas. La famille royale et l'Élite sont installées face à l'échafaud. Manifestement, je ne suis pas le seul à avoir eu l'idée de venir assister au châtiment depuis cet endroit. D'autres employés me rejoignent bientôt. Je salue du menton deux gardes royaux et un majordome. Les grilles du palais s'ouvrent et les candidates accompagnées de leur famille gagnent leur siège d'un pas solennel, acclamées par la foule. Au même instant, deux femmes de chambre déboulent dans mon dos. Je reconnais Lucy et Mary et me décale pour leur faire une place près de moi.

— Anne ne vient pas ?

— Non, répond Mary. Nous avons beaucoup de pain sur la planche et elle culpabilisait à l'idée de ne pas travailler.

Ça ne me surprend pas de sa part.

Toutes les nuits, je monte la garde devant la chambre d'America. Du coup, je croise souvent ses caméristes. Malgré mon professionnalisme, j'ai tendance à être plus familier avec elles. Ce sont les femmes qui s'occupent d'America et, pour cette raison, j'ai envie de les connaître. Je leur serai à jamais redevable de prendre soin d'elle.

J'observe Lucy. Ses mains tremblent. Lorsque Lucy est stressée, son angoisse se manifeste sous différentes formes, dont une bonne douzaine de tics nerveux. Au camp d'entraînement, on nous a appris à repérer les comportements inhabituels pour mieux défendre le palais contre les personnes qui présentent une menace. Lucy n'en est pas une, mais sa détresse déclenche chez moi un instinct protecteur.

— Vous êtes sûre de vouloir assister à ça ? Vous risquez d'être choquée.

— Je sais. Mais j'aimais beaucoup Mlle Marlee, répond-elle à voix basse. Je me sens le devoir de rester.

— Ce n'est plus une demoiselle à proprement parler, lui fais-je remarquer.

Après le crime qu'elle a commis, Marlee sera déclassée. Elle deviendra une sans-grade, une Huit.

— Quoi qu'on en dise, réplique Lucy, une femme prête à tout pour l'homme qu'elle aime reste une demoiselle.

— Ce n'est pas faux.

Ses mains cessent de s'agiter et un sourire imperceptible éclaire brièvement son visage.

Dès que Marlee et Woodwork font leur entrée, la foule se met à siffler. Les deux condamnés se dirigent en boitillant jusqu'à l'estrade. Les gardes les tirent sans ménagement. À en juger par la démarche de Woodwork, je devine qu'il a déjà été battu.

Les détails de leur crime sont alors énoncés à la population. Nous observons la scène en silence, même si nous n'entendons rien de là où nous sommes. Je focalise mon regard sur America et sa famille. Les bras serrés autour de son ventre, May semble au bord du malaise. Sous un calme apparent, M. Singer a pourtant l'air très gêné. Quant à Ame, elle paraît troublée. Si seulement je pouvais la prendre dans mes bras et la réconforter sans risquer de finir moi aussi sur l'échafaud !

Cette scène me fait songer à mon petit frère, Jimmy, fouetté en public pour avoir volé. Si j'avais pu prendre sa place, je l'aurais fait sans hésiter. D'un autre côté, à l'époque, j'étais vraiment soulagé de ne pas avoir été pris la main dans le sac les fois où j'avais moi-même commis quelque larcin. Je suppose qu'America partage mon sentiment en ce moment. Déplorant le sort de Marlee tout en remerciant le ciel de ne pas être avec elle sur l'estrade.

Lorsque les bâtons s'abattent, Mary et Lucy ont un mouvement de recul. Heureusement, de notre observatoire, on ne distingue pas grand-chose. L'intervalle entre chaque coup est juste assez long pour que la douleur se fasse sentir, mais pas assez pour que

Woodwork et Marlee aient le temps de se préparer au coup suivant. Infliger des souffrances est tout un art. Un art que le palais semble maîtriser à la perfection.

Lucy se cache les yeux et pleure en silence. Mary enlace ses épaules.

Je suis sur le point de la réconforter aussi lorsqu'un éclair rouge flamboyant attire mon regard. America.

Qu'est-ce qu'elle fabrique ? Je rêve ou elle est en train de se battre contre un garde ?

Je suis tiraillé. D'un côté, j'ai envie de courir jusqu'à elle pour la forcer à regagner son siège. De l'autre, j'aimerais la prendre par la main et l'emmener loin d'ici. L'encourager et la supplier d'arrêter en même temps. Elle a vraiment très mal choisi son moment pour attirer l'attention sur elle.

Pourtant, j'assiste impuissant à la scène. America se débarrasse du garde d'un coup de genou, s'élance vers l'estrade et saute par-dessus une barrière. L'ourlet de sa robe s'y accroche, elle chute, atterrit brutalement et se redresse aussitôt. Elle jauge l'estrade face à elle. Alors je comprends. Elle ne fuit pas. Au contraire, elle cherche à rejoindre Marlee.

Un mélange de fierté et de crainte enfle dans ma poitrine.

— Mon Dieu ! s'exclame Mary.

— Asseyez-vous, mademoiselle ! implore Lucy en plaquant les paumes contre les carreaux.

America reprend sa course. Elle a perdu un escarpin, mais ça ne la freine pas dans son élan.

— Asseyez-vous, mademoiselle America ! s'écrie l'un des deux gardes près de moi.

Elle parvient au pied de l'estrade. Le sang bat à mes tempes. Ma tête bouillonne. À mon tour, je m'écrie :

— Les caméras !

Deux gardes se jettent sur elle et la plaquent au sol. Elle se débat comme une forcenée. Je me tourne vers la famille royale ; tous les regards sont rivés sur la jeune fille rousse qui se tortille comme un ver par terre.

— Vous feriez mieux de regagner sa chambre, conseillé-je à Mary et Lucy. Elle va avoir besoin de vous.

Elles hochent la tête et se volatilisent sur-le-champ.

— Vous deux, dis-je ensuite aux gardes. Descendez aussi. Elles auront peut-être besoin de renfort. L'incident aura forcément contrarié quelqu'un.

Ils s'éloignent au pas de course. J'ai envie de rejoindre America, de me précipiter dans sa chambre sans perdre une seconde. Mais étant donné les circonstances, elle préférera sans doute être seule avec ses femmes de compagnie.

La nuit dernière, j'ai supplié America de m'attendre, pensant que peut-être elle retournerait en Caroline avant moi. Va-t-on la renvoyer chez elle plus tôt que prévu ? Le roi tolérera-t-il pareille incartade ?

J'inspire à pleins poumons et tâche de calmer mes nerfs.

— Magnifique, souffle le majordome. Quelle bravoure.

Il s'éloigne ensuite. Je me demande alors s'il parle du couple sur l'échafaud ou d'America, cette jeune fille rousse à la robe déchirée. Et pendant que je m'interroge sur le sens de sa remarque, le supplice prend fin. La famille royale se retire, la foule se disperse, et une poignée de gardes emportent les deux corps inanimés des amants qui, même évanouis, semblent attirés l'un vers l'autre.

2.

Je me remémore l'époque où je retrouvais America à la cabane. Le laps de temps qui s'écoulait entre chacun de nos rendez-vous secrets me rendait fou. J'avais l'impression que les aiguilles de l'horloge reculaient au lieu d'avancer. Aujourd'hui, c'est mille fois pire. Je *sais* qu'elle va mal. Je *sais* qu'elle a besoin de moi. Mais impossible de la rejoindre.

Pour le moment, j'ai les pieds et poings liés. Au mieux, je peux m'arranger pour échanger mon poste avec celui de l'officier qui monte la garde devant sa porte, cette nuit. Mais en attendant le coucher du soleil, je vais devoir me noyer dans le travail.

Je me dirige vers les cuisines pour un petit déjeuner tardif lorsque des cris détournent mon attention.

— Je ne partirai pas avant d'avoir vu ma fille !

Je reconnais aussitôt la voix de M. Singer. Il semble désemparé.

— Je suis navré, monsieur. Par mesure de sécurité, nous devons vous demander de quitter le palais sur-le-champ.

Je risque un coup d'œil à l'angle du couloir. L'officier Lodge s'efforce de calmer M. Singer.

— Écoutez, on nous a séquestrés comme de vulgaires animaux à la suite de ce spectacle répugnant. Ma fille a été emmenée de force je ne sais où. Je ne l'ai pas revue depuis ! Je veux absolument la voir.

Je m'approche d'un air ferme et résolu, et interviens :

— Je m'en occupe, officier Lodge.

Il baisse la tête et s'éloigne. La plupart du temps, il suffit d'avoir l'air sûr de soi pour se faire obéir. C'est simple et efficace.

Une fois Lodge parvenu à l'autre bout du couloir, je me penche à l'oreille de M. Singer.

— Vous ne pouvez pas vous exprimer de cette façon ici, monsieur. Vous avez vu ce qui vient de se passer. Et tout ça, pour un baiser volé et un corsage déboutonné.

Le père d'America glisse ses mains dans ses cheveux.

— Tu as raison. Je n'arrive pas à croire qu'on ait forcé mes filles à assister à ça ! May est encore toute retournée.

— Ne vous en faites pas, monsieur Singer, les femmes de chambre d'America lui sont très dévouées. Je parie qu'en ce moment même elles sont aux petits soins pour votre fille. America va bien, j'en suis sûr. On ne l'a pas emmenée à l'infirmerie, autrement j'en aurais eu vent. C'est bon signe, ça signifie qu'elle n'est pas blessée. En plus, apparemment America est… la favorite du prince Maxon, dis-je à contrecœur.

M. Singer affiche un mince sourire, mais son regard est triste.

— C'est vrai.

Je crève d'envie de lui demander ce qu'il sait. Je poursuis :

— Le prince la ménagera, c'est évident, le temps qu'elle se remette de la perte de son amie.

Il hoche la tête et marmonne dans sa barbe :

— Le prince m'a déçu.

— Monsieur ?

Il redresse les épaules et balaie les lieux d'un regard rempli de dégoût et de crainte.

— Rien, rien… Tu sais, Aspen, je lui répétais sans cesse qu'elle n'avait rien à envier aux autres. Qu'elle avait sa place au palais. Elle ne voulait pas me croire. En un sens, c'est elle qui avait raison. America est trop bien pour cet endroit.

— Shalom ?

M. Singer se retourne et je l'imite. Mme Singer et May apparaissent à l'angle du couloir. Elles portent leurs valises.

— Nous sommes prêtes. Tu as pu voir America ?

May court se réfugier dans les bras de son père. Il enlace ses épaules d'un bras protecteur.

— Non. Mais Aspen m'a promis qu'il veillerait sur elle.

Je n'ai rien dit de tel. Inutile, les Singer sont comme ma famille ; M. Singer sait que je prendrai soin d'America sans qu'il ait besoin de me le demander.

Mme Singer me serre contre son cœur.

— Heureusement que tu es là, Aspen. Tu vaux mieux que l'ensemble des gardes réunis.

— Chut ! Ne le dites pas trop fort, vous risquez de faire des jaloux.

Elle me gratifie d'un sourire et s'écarte.

May se jette dans mes bras. Je me baisse un peu pour être à sa hauteur.

— Tiens, je te donne des câlins supplémentaires. Tu pourras les transmettre à ma famille ?

Elle hoche la tête au creux de mon épaule et reste blottie contre moi.

— Prends bien soin d'elle, me glisse-t-elle à l'oreille.

— Promis, May.

Elle se cramponne à moi et je l'étreins aussi. Elle a réveillé mon instinct protecteur.

May et America se ressemblent comme deux gouttes d'eau, même si elles n'en ont pas conscience. Seulement May est plus fleur bleue. America avait à peine quelques mois de plus que May lorsque nous avons commencé à nous fréquenter. C'était risqué. La plupart des filles de son âge n'auraient pas eu le cran de sortir avec un garçon d'une caste inférieure. America est très terre à terre, elle mesure la portée de ses actes et les risques qu'elle encourt. May vit dans son propre monde. Elle n'a pas conscience des difficultés de la vie.

Je crains qu'aujourd'hui on ne lui ait volé une part de son innocence.

Lorsqu'elle me lâche, je serre la main de M. Singer.

— Je suis content que tu sois là, me souffle-t-il. C'est comme si America avait emporté un peu de nous avec elle.

Je plante mon regard dans ses yeux et, une fois encore, l'envie me prend de le questionner sur ce qu'il sait au juste de ma relation avec sa fille. Je me demande s'il se doute de quelque chose. Je scrute son visage à la recherche d'un signe, n'importe lequel, mais son regard demeure impénétrable.

J'ignore ce qu'il me cache, mais une chose est sûre, il me cache quelque chose.

— Je vais veiller sur elle, monsieur.

Un sourire apparaît sur ses lèvres.

— Je n'en doute pas un instant. Prends soin de toi aussi. Quelque part, ton travail est plus dangereux ici qu'en Nouvelle-Asie. Reviens-nous sain et sauf, Aspen.

J'acquiesce d'un signe de tête. M. Singer trouve toujours les mots justes et réconfortants.

— Jamais on ne m'a traité de manière si grossière, grommelle soudain un homme à quelques pas de nous. Et dire que nous sommes au palais du roi !

Ensemble, nous tournons la tête en direction des voix. Manifestement, les parents de Celeste ne sont pas ravis qu'on les expulse sans ménagement. Sa mère traîne un grand sac ; elle secoue la tête pour indiquer qu'elle partage le mécontentement de son mari et rejette à tout bout de champ sa chevelure blonde derrière ses épaules. J'ai presque envie de lui proposer une épingle à cheveux.

— Vous, là ! m'apostrophe M. Newsome. Venez nous aider à porter nos bagages.

Il laisse tomber ses valises.

M. Singer intervient.

— Cet officier n'est pas votre serviteur. Son rôle est d'assurer votre protection, pas de porter vos sacs. Vous pouvez le faire vous-même.

M. Newsome lève les yeux au plafond et se tourne vers son épouse.

— Je n'arrive pas à croire que notre petite soit contrainte de fréquenter une Cinq ! fait-il semblant de chuchoter, en s'adressant de toute évidence aux Singer.

— Pourvu que cette Cinq n'ait pas une mauvaise influence sur notre Celeste. Elle est trop bien pour traîner avec cette moins-que-rien…

Mme Newsome rejette sa chevelure en arrière. Je comprends maintenant d'où Celeste tient son côté peste. De toute façon, venant d'une Deux, rien ne m'étonne.

J'ai toutes les peines du monde à détourner les yeux de Mme Newsome. Elle semble très satisfaite d'elle, ravie d'avoir craché son venin. Des sanglots étouffés s'élèvent près de moi. May pleure à chaudes larmes dans les bras de sa mère. Comme si elle n'avait pas eu assez d'épreuves à affronter aujourd'hui !

— Bon voyage, monsieur Singer, dis-je dans un murmure.

Il me salue du menton et escorte sa famille dans la cour du palais, où les voitures attendent déjà. America va être furieuse de ne pas avoir eu l'occasion de dire au revoir à son père.

Après leur départ, je m'approche de M. Newsome.

— Ne faites pas attention à eux, monsieur. Laissez-moi vos bagages. Je vais m'en occuper.

— Merci, mon brave, rétorque-t-il en m'assénant une tape condescendante dans le dos avant de rajuster sa cravate et de s'éloigner avec sa femme.

Une fois qu'ils sont sortis, je me dirige vers une table, près de l'entrée, et m'empare d'un stylo. Sur quelle valise jeter mon dévolu ? Celle de M. ou de Mme Newsome ? Lequel des deux mérite le plus d'être puni ? Je ne peux en élire qu'une, autrement ça paraîtra suspect. Mon choix se porte sur celle de Mme Newsome, qui a fait pleurer May. J'ouvre la fermeture Éclair, fourre à l'intérieur le stylo, que je brise en deux. Heureusement, j'ai sous la main un bagage plein à craquer de vêtements de luxe. Je m'en sers pour m'essuyer les mains. J'attends que les Newsome soient montés dans la voiture, puis je place les valises dans le coffre avec un petit rictus.

J'éprouve une certaine satisfaction à l'idée d'avoir saccagé les habits de Mme Newsome. Mais je sais qu'elle s'en remettra vite, s'offrira une nouvelle garde-robe en un rien de temps. Alors que May conservera en mémoire les paroles de cette harpie pour le restant de ses jours.

Je porte la fourchette à ma bouche et enfourne œuf et bacon. Je me dépêche de finir mon petit déjeuner, impatient de sortir de là. La cuisine grouille de gardes et de domestiques qui engloutissent leur repas avant de commencer la journée.

— Il lui répétait sans cesse qu'il l'aimait, raconte Fry. J'étais posté au pied de l'estrade et j'ai tout entendu. Même quand elle s'est évanouie, Woodwork continuait de le lui dire.

Deux caméristes sont suspendues à ses lèvres, buvant ses paroles ; l'une d'elles incline tristement la tête.

— Comment le prince a-t-il pu leur infliger ça ? Ils étaient amoureux.

— Le prince Maxon est un homme bon. Il n'a fait qu'appliquer la loi, rétorque l'autre femme de chambre. Mais… sans cesse ?

Fry acquiesce.

L'autre servante secoue la tête.

— Pas étonnant que Mlle America se soit précipitée vers eux.

Je contourne l'immense table pour me rendre à l'autre bout de la salle.

— Mlle America m'a filé un sacré coup de genou dans la jambe, s'exclame Recen avec une grimace. Elle était comme enragée.

Je souris en mon for intérieur même si je compatis avec Recen.

— Cette Mlle America est sacrément courageuse. Le roi aurait pu lui infliger un châtiment exemplaire pour la punir de son audace, s'exclame un jeune majordome qui, les yeux écarquillés, semble trouver cette histoire très divertissante.

Je m'éloigne du groupe, de peur de m'énerver et de le regretter ensuite. Je croise Avery, qui se contente de me saluer du menton. Il fait une tête de six pieds de long, et j'en déduis qu'il préfère rester seul.

— Ça aurait pu être mille fois pire, chuchote une servante.

— Au moins, le roi ne les a pas fait exécuter, rétorque une autre.

Impossible d'y échapper. Où que j'aille, les conversations convergent, m'enveloppent, envahissent mes oreilles, le prénom d'America revient sur toutes les lèvres. Je suis à la fois fier d'elle et furieux : si Maxon était aussi respectable qu'on le prétend, America ne se serait jamais retrouvée dans une telle situation.

Je donne un autre coup de hache et le bois se fend en deux. Le soleil se déverse sur mon torse nu, diffusant sa chaleur à travers mon corps, et l'exercice m'aide à libérer ma colère. J'en veux au monde entier. Woodwork et Marlee n'ont pas mérité le fouet. May et America n'auraient pas dû assister au supplice.

Je place une autre bûche sur le billot et abats la hache dans un grognement.

— Tu cherches à effrayer les oiseaux ?

Je pivote sur moi-même. À quelques mètres de là, un homme d'âge mûr tient un cheval par le mors. Il porte la veste des employés du palais. Son visage est buriné, son sourire éclatant. J'ai l'impression de l'avoir déjà vu quelque part, mais où, je ne sais plus.

— Désolé. J'ai fait peur au cheval ?

— Nan, réplique-t-il en s'approchant. Par contre, on dirait que tu n'es pas dans ton assiette.

— Il y a des jours avec et des jours sans. Aujourd'hui, c'était un jour sans. Pour tout le monde, dis-je en achevant une autre bûche.

Il gratte la jument entre les oreilles.

— Tu connaissais l'officier ?

J'hésite à répondre. Je ne suis pas vraiment d'humeur à faire la causette.

— Un peu. On avait pas mal de points communs. Je n'en reviens pas, c'est tout. Je n'arrive pas à croire qu'il ait tout perdu, comme ça.

— Quand on est amoureux, tout perdre, ce n'est pas si grave. Surtout quand on est jeune.

Je l'examine de plus près. Manifestement, c'est un palefrenier. J'ai l'impression qu'il est moins âgé qu'il n'en a l'air, mais que la vie ne l'a pas épargné.

— Pas faux.

Moi-même je serais prêt à tout sacrifier pour America.

— Je te parie que si c'était à refaire, il le referait sans hésiter, insiste l'homme. Et elle aussi.

— Moi aussi, ajouté-je dans ma barbe, les yeux baissés.

— Tu as dit quelque chose, fiston ?

— Non, rien.

La hache à l'épaule, je ramasse un autre morceau de bois. J'espère qu'il a saisi le message : je n'ai pas envie de parler.

Apparemment pas. Il s'adosse à son cheval.

— C'est normal d'être contrarié, mais ça ne te mènera nulle part. Il faut que tu en tires une leçon. Pour le moment, on dirait que tout ce que tu as appris, c'est à passer ta colère sur de misérables rondins.

J'abats la hache et manque la cible de quelques centimètres.

— Écoutez, je sais que ça part d'un bon sentiment, mais je suis en train de travailler, là.

— Ça ne sert à rien. C'est de la colère mal dirigée.

— Et je suis censé la diriger contre qui ? Le roi ? Le prince Maxon ? Vous, peut-être ? (Nouveau coup de hache.) C'est injuste. Ces gens-là ont tous les droits.

— Qui ça ?

— Les Uns. Les Deux.

— Tu es un Deux, non ?

Je lâche mon manche.

— Je suis un Six, dis-je en me frappant le torse. Quel que soit l'uniforme qu'on me fasse porter, je resterai un gamin de Caroline, et rien ne pourra changer ça.

Il secoue la tête et s'éloigne, entraînant son cheval par la bride.

— À mon avis, c'est une fille qu'il te faut.

— J'en ai une !

— Alors ne la laisse pas filer. Dis-le-lui. Là, tu gaspilles ton énergie pour rien.

3.

L'eau chaude ruisselle le long de mes épaules. Si seulement la douche me débarrassait aussi des mauvaises ondes accumulées tout au long de la journée ! Les paroles du palefrenier me hantent et, plus que tout le reste, elles me font enrager.

America sait ce que je ressens. Je ne gaspille pas mon énergie inutilement. Au contraire, je sais pourquoi je me bats.

Je me sèche en prenant tout mon temps. Le rituel de l'habillage me calme peu à peu. J'enfile mon uniforme amidonné et le sens du devoir reprend le dessus. Le travail m'attend.

Patience. Au bout du compte, America et moi serons réunis.

En me dirigeant vers le cabinet du roi, au troisième étage, je fais le vide dans ma tête. C'est Lodge qui m'ouvre la porte. On se salue du menton et je pénètre dans la salle où le roi influe sur des milliers de destinées en un claquement de doigts.

— L'accès au palais est interdit aux équipes télévisées jusqu'à nouvel ordre, déclare le roi Clarkson tandis qu'un conseiller note ses ordres d'une main fébrile. Ces demoiselles ont appris une leçon aujourd'hui, je n'en doute pas. Mais dites tout de même à Silvia de revoir avec elles les règles de bienséance et le décorum afin d'améliorer leur conduite. (Il secoue la tête.) Je n'ose pas imaginer quelle mouche a piqué cette fille pour qu'elle commette un acte aussi stupide. Elle était en tête de lice. C'était la grande favorite de la Sélection…

Votre grande favorite, peut-être, me dis-je en traversant la vaste salle plongée dans la pénombre. Je m'approche en toute discrétion de la corbeille contenant le courrier prêt à poster.

— Gardez aussi à l'œil la fille qui s'est ruée sur l'estrade.

Je ralentis le pas, l'oreille tendue.

— C'est à peine si les gens ont fait attention à elle, Votre Majesté, répond le conseiller. Et puis les filles sont des créatures caractérielles ; si jamais on vous interroge à ce sujet, vous n'aurez qu'à mettre son comportement sur le compte d'un trop-plein d'émotions.

Le roi se renverse dans son fauteuil.

— Vous avez sans doute raison. Ce sont des choses qui arrivent. Même Amberly connaît ce genre de crises de temps à autre. Seulement, je n'ai jamais aimé cette Cinq. C'est une moins-que-rien. Elle n'aurait pas dû parvenir à ce stade de la compétition.

Son conseiller hoche la tête d'un air pensif.

— Pourquoi ne pas la renvoyer chez elle, tout simplement ? Il suffit d'inventer un prétexte pour l'éliminer. C'est faisable.

— Non. Maxon le découvrirait. Il ne quitte pas les filles des yeux. Peu importe ! s'exclame le roi en se penchant sur son bureau. Elle n'est pas taillée pour le rôle, c'est évident. Tôt ou tard, mon fils s'en rendra compte. Nous forcerons les choses si nécessaire. Passons, où est la lettre des Italiens ?

Je recueille le courrier et m'incline brièvement avant de quitter la pièce. Mes sentiments sont partagés. Tout ce que je veux, c'est qu'America s'éloigne du giron de Maxon. Mais les propos du roi Clarkson sur la Sélection me laissent dubitatif. J'ai l'impression qu'il se passe des choses louches, voire inquiétantes. America sera-t-elle victime d'un caprice du roi ? Si elle n'est qu'une « moins-que-rien », a-t-elle été sélectionnée de manière frauduleuse, et dans un but précis ? Pour être éliminée de la partie à un moment déterminé à l'avance ? Est-ce que ça veut dire que les dés sont pipés ? Qu'une gagnante a déjà été choisie dans le lot ?

Voilà qui me donnera matière à réfléchir cette nuit, tandis que je monterai la garde devant la chambre d'America.

Je passe les enveloppes en revue et me dirige vers le bureau de distribution, une pièce où trois hommes qui ont l'âge d'être mon père trient le courrier entrant et sortant. Une corbeille estampillée « SÉLECTIONNÉES » déborde de lettres d'admirateurs. J'ignore si les filles en reçoivent ne serait-ce que la moitié.

— Bonjour, Leger. Comment ça va, aujourd'hui ? s'enquiert Charlie.

— Pas terrible, avoué-je en lui remettant les lettres.

— Je compatis. Au moins, le roi les a épargnés.

— Tu as entendu parler de la demoiselle qui s'est précipitée vers l'estrade ? demande Mertin en virevoltant vers nous. C'est incroyable, non ?

Cole se retourne aussi. D'ordinaire, c'est un homme plutôt discret. Mais aujourd'hui, la conversation semble piquer son intérêt.

Je croise les bras.

— Oui, j'en ai entendu parler.

— Et qu'en penses-tu ? demande Charlie.

Je hausse les épaules. Tout le monde trouve la réaction d'America admirable, voire héroïque. Mais le roi a de nombreux sujets très dévoués qui se feraient un plaisir de dénoncer les détracteurs du régime. Pour le moment, je préfère rester neutre.

— C'est une histoire de fous.

À eux de l'interpréter comme il leur plaira.

— Absolument.

— Je dois faire mon tour de ronde, dis-je, pour mettre un terme à la discussion. À demain, Charlie.

Il me sourit.

— Sois prudent.

J'enfile le couloir en direction de la réserve, où je récupère ma lance bien que je n'en voie pas vraiment l'utilité. Je préfère le pistolet.

J'emprunte les escaliers. Au deuxième étage, je tombe nez à nez avec Celeste. Quand elle m'aperçoit, son comportement change du tout au tout. On dirait que, contrairement à sa mère, Celeste est capable d'éprouver des remords.

Elle s'approche avec méfiance et s'arrête à ma hauteur pour me saluer.

— Officier.

— Mademoiselle.

Je m'incline.

Les traits crispés, immobile face à moi, elle semble peser ses mots.

— Je voudrais mettre les choses au clair. Sachez que notre conversation de la nuit dernière était strictement professionnelle.

J'ai presque envie de lui rire au nez. Hier soir, Celeste m'a fait du rentre-dedans, me caressant le bras et le dos. Ses intentions étaient on ne peut plus claires. Elle a joué avec le feu, allant jusqu'à me suggérer d'abandonner la garde royale pour me lancer dans le mannequinat. « Si je ne remporte pas la Sélection, a-t-elle dit, nous pourrons nous revoir en dehors du palais. N'hésitez pas à me contacter lorsque vous achèverez votre service auprès du roi. »

Celeste n'est pas le genre de fille à attendre patiemment un homme ; je ne l'intéresse pas vraiment. À mon avis, si elle avait la langue si déliée ce soir-là, c'est qu'elle avait bu un coup de trop. En revanche, une chose est sûre : je peux désormais affirmer qu'elle n'est pas amoureuse de Maxon. Pas le moins du monde.

— Je voulais juste vous donner quelques petits conseils pour votre carrière, ajoute-t-elle. Quand on grimpe de plusieurs grades d'un seul coup, comme vous, la transition est parfois dure à gérer. Je vous souhaite bon courage, mais je tiens à préciser que je réserve toute mon affection à Maxon.

Je l'aurais volontiers remise à sa place si je n'avais décelé, dans son regard, un certain désespoir. De surcroît, en l'accusant, je me mets moi-même dans la position du coupable. Je suis persuadé qu'elle n'a aucun sentiment pour Maxon. Mais à quoi bon la mettre en porte à faux ?

— Quant à moi, je suis son loyal et dévoué serviteur. Mon rôle est d'assurer sa protection. Bonsoir, mademoiselle.

Elle me lance un regard surpris. Je me doute que ma réponse ne la rassure pas tout à fait. Mais pour dompter une fille de son genre, rien de tel qu'inspirer la crainte, à faible dose.

La chambre d'America se situe juste après l'angle formé par le couloir. Je meurs d'envie de débouler dans la pièce, de la prendre dans mes bras et de la réconforter, mais c'est impossible. Je m'arrête devant sa porte et y colle mon oreille. Elle n'est pas seule, je discerne les voix de ses caméristes. Je l'entends ensuite qui renifle et qui sanglote.

L'idée qu'elle ait pleuré comme ça toute la journée me fait sortir de mes gonds. C'est la goutte d'eau.

J'ai assuré à ses parents qu'elle était la favorite de Maxon, que celui-ci prendrait soin d'elle. Puisqu'elle pleure toujours, c'est qu'il n'a rien fait pour soulager sa peine. C'est à cause de lui que je ne peux pas être avec elle, alors il a plutôt intérêt à la traiter comme une princesse. Et jusque-là, il s'y prend comme un pied.

America est mon âme sœur. Nous sommes censés finir ensemble, j'en ai l'intime conviction.

Au diable tout le reste ! Sans réfléchir, je frappe à la porte. Lucy ouvre et, en m'apercevant, semble soulagée. Mon intervention n'est donc pas inutile.

— Pardonnez-moi de vous déranger, mesdemoiselles, mais j'ai entendu quelqu'un pleurer et je voulais m'assurer que tout allait bien.

Je pénètre dans la chambre et m'approche du lit où est étendue America, et nos regards s'accrochent l'un à l'autre. Elle me paraît si vulnérable, si désemparée que je n'ai qu'une envie, l'emmener loin de ce maudit palais.

— Mademoiselle America, je suis consterné par ce qui est arrivé à votre amie. J'ai cru comprendre que c'était une jeune femme qui sortait de l'ordinaire. Si vous avez besoin de quoi que ce soit, n'hésitez pas à m'appeler.

Dans ses yeux brille une étincelle familière. Elle se remémore tous les moments que nous avons partagés ces deux dernières années, je le sais.

— Merci. Votre gentillesse me touche beaucoup.

Un sourire imperceptible étire mes lèvres. Mon cœur bat à tout rompre. J'ai observé son visage à la dérobée sous toutes les lumières, en un millier d'occasions. Ce soir, ses mots balaient brutalement mes derniers doutes : elle m'aime toujours.

4.

A*merica m'aime. America m'aime. America m'aime.*

Il faut absolument que je la voie en tête à tête. C'est compliqué, mais pas impossible.

Le lendemain matin, je me lève de bonne heure. Je suis prêt bien avant que ne débute mon tour de ronde. Je profite de ce laps de temps pour étudier l'emploi du temps respectif des gardes, des femmes de chambre et de la famille royale. Je les apprends par cœur jusqu'à ce que les horaires se superposent dans ma tête et que je détecte les failles dans le système de sécurité. Parfois, je me demande si les autres gardes s'en aperçoivent également, ou bien si je suis le seul à examiner le problème d'aussi près.

J'ai un plan. Il ne me reste plus qu'à transmettre le message à America.

Cet après-midi-là, je monte la garde dans le cabinet du roi, où je remplis le rôle le plus ennuyeux du monde : faire le pied de grue près de la porte.

Je préfère de loin être en mouvement, du moins être posté dans une zone plus fréquentée du palais. N'importe où, en fait, pourvu que ce soit loin du regard glacial du roi Clarkson.

J'observe Maxon, assis à son bureau étriqué dans un coin de la pièce, un bureau sans doute placé là après coup. Il essaie de se concentrer mais semble plus distrait que de coutume. Je le méprise, c'est plus fort que moi : cet imbécile néglige America au moment où elle a le plus besoin de réconfort.

Dans le milieu de la matinée, Smiths, un garde royal en fonction depuis des années, surgit en trombe. Il se précipite vers le bureau du roi, esquisse une brève révérence.

— Votre Majesté, deux filles de l'Élite, Mlles Newsome et Singer, viennent de se battre.

Tous les regards se braquent sur le roi.

Il pousse un soupir las.

— Elles se crêpent encore le chignon ?

— Non, Votre Majesté. Cette fois, c'est pire. On a dû les conduire à l'infirmerie. Elles se sont battues jusqu'au sang.

Le roi Clarkson se tourne vers son fils.

— C'est encore cette Cinq qui sème la zizanie. Tu n'envisages pas sérieusement de la garder dans la compétition ?

Maxon se lève.

— Père, les candidates sont toutes sur les nerfs après la démonstration d'hier. Elles sont sans doute encore sous le choc du châtiment corporel infligé à leur amie.

Le roi pointe sur lui un index accusateur.

— Si jamais c'est elle qui a commencé, elle sera expulsée.

— Et si c'est Celeste ? rétorque Maxon.

— Je doute qu'une fille de sa classe s'abaisse à un tel niveau, à moins d'avoir été provoquée.

— Quand bien même, la renverrez-vous ?

— Crois-moi, Maxon, cette bagarre n'est certainement pas le fait de Celeste.

— Je découvrirai le fin mot de l'histoire. C'est sans doute une broutille.

Mon esprit s'emballe. Je ne comprends pas le prince. D'un côté, il délaisse America. De l'autre, il semble résolu à la garder auprès de lui. Pourquoi ? Et, à supposer qu'il n'arrive pas à prouver l'innocence d'America dans la querelle, aurais-je le temps de la revoir avant son renvoi ?

Au palais, les nouvelles se répandent vite. En un rien de temps, j'ai appris que c'est Celeste qui a mis le feu aux poudres en insultant America. En revanche, c'est America qui a donné le premier coup. J'ai envie de la féliciter. Apparemment, personne n'est renvoyé, les actions s'annulant l'une l'autre. Il semblerait pourtant qu'America reste à contrecœur.

Cette dernière rumeur me met du baume au cœur. Je suis désormais persuadé que je l'ai récupérée.

Je me précipite dans ma chambre.

Je n'ai que quelques minutes pour mettre mon plan à exécution. Je griffonne une note en toute hâte, puis je gagne le deuxième étage et attends dans le vestibule que les caméristes d'America prennent leur pause déjeuner. Une fois dans sa chambre, je cherche une cachette où planquer le billet. En fait, il n'y en a qu'une.

Il ne reste plus qu'à prier pour qu'elle le trouve.

En sortant de sa chambre, le destin me sourit. America apparaît au bout du couloir. Elle n'a pas l'air blessée. Il y a fort à parier que Celeste ne s'en est pas tirée à si bon compte. Comme America s'avance, je distingue une bosse sur son front, plus ou moins dissimulée par sa chevelure. Lorsqu'elle me reconnaît, une étincelle brille dans ses yeux.

Je meurs d'envie de passer quelques instants en sa compagnie. Patience, le moment viendra.

Parvenu jusqu'à elle, je m'arrête brusquement pour la saluer. En m'inclinant, je lui chuchote :

— Le bocal.

Puis je me redresse et poursuis ma route.

Je sais qu'elle m'a entendu. Après un instant d'hésitation, elle remonte le couloir au pas de course.

J'esquisse un sourire, ravi de constater qu'elle a retrouvé son entrain.

— Mort ? s'écrie le roi. Qui l'a tué ?

— Le doute plane, Votre Majesté. Nous soupçonnons néanmoins les sympathisants des Renégats, réplique son conseiller.

Je suis entré dans le bureau sans un bruit. En surprenant la discussion, je fais aussitôt le rapprochement avec les habitants de Bonita. Plus de trois cents familles ont récemment perdu un rang de caste pour leur prétendu soutien aux Renégats. Apparemment, ces gens n'ont pas l'intention de se laisser faire.

Le roi Clarkson écrase son poing sur la table. Je sursaute, de même que toutes les personnes présentes dans la salle.

— Ces gens-là ne se rendent-ils pas compte de la portée de leurs actes ? Ils sont en train d'anéantir tout ce que nous avons bâti. Et à quelle fin ? Pour s'accrocher à des privilèges qu'ils ne méritent pas ? Je leur ai offert la *sécurité*. Je leur ai offert l'*ordre*. Et voilà comment ils me remercient ? En se rebellant contre leur roi ?

Évidemment. Comment un homme qui ne manque de rien pourrait-il comprendre qu'une personne ordinaire prétende à une vie meilleure ?

Le roi Clarkson se lève et se met à faire les cent pas.

— Il faut stopper ces gens. Qui est aux commandes de Bonita à présent ?

— Lamay. Il a préféré mettre sa famille à l'abri, le temps que les choses se calment. Il a pris les dispositions nécessaires pour les funérailles de feu le gouverneur Sharpe. En dépit des obstacles, il semble ravi d'endosser cette nouvelle fonction.

Le roi brandit la main.

— Voilà un homme qui se satisfait de son lot, un homme qui remplit son devoir dans le souci de l'intérêt général ! Pourquoi ne peuvent-ils pas tous lui ressembler ?

Je récupère le courrier. Le roi n'est qu'à quelques pas de moi. Il poursuit :

— Nous allons charger Lamay d'éliminer sur-le-champ les individus soupçonnés d'avoir joué, de près ou de loin, un rôle dans l'assassinat de l'ancien gouverneur. Et même s'il punit les mauvaises personnes, cette mesure aura au moins le mérite de servir d'exemple. Et offrez une récompense à tout habitant susceptible de nous éclairer sur cette affaire. Il faut que nous nous mettions la population du Sud dans la poche.

Je tressaille. Si seulement je n'avais pas surpris cette conversation… Je ne suis pas en faveur des Renégats, loin de là. La plupart du temps, ce sont des terroristes assoiffés de sang. Pourtant, la décision du roi en ce jour est totalement injuste et injustifiée.

— Vous, là. Attendez.

Je tourne la tête. Est-ce à moi que le roi s'adresse ? Oui. Il rédige une note et plie le papier en deux.

— Prenez également cette missive. Le responsable du bureau de distribution du courrier saura quelle adresse reporter sur l'enveloppe.

Sur ces mots, le roi jette la lettre d'un geste nonchalant sur le sommet de la pile d'enveloppes, à croire que son contenu n'a aucune importance. Je reste immobile un bref instant, mal à l'aise à l'idée d'avoir une charge si lourde.

— Vous pouvez disposer.

La mort dans l'âme, je me dirige jusqu'au bureau de distribution.

Ce ne sont pas tes affaires, Aspen. Ta mission est de protéger la monarchie, point barre. Concentre-toi sur America. Peu importe que le monde s'écroule autour, du moment que tu la récupères.

Je redresse les épaules et fais mon devoir.

— Salut, Charlie.

En apercevant la pile de courrier, il siffle.

— Pas le temps de se tourner les pouces, aujourd'hui !

— Apparemment. Euh, il y a cette lettre… le roi n'avait pas l'adresse sous la main. Il m'a dit de te la donner.

Je désigne la missive destinée à Lamay, tout en haut de la pile.

Charlie déplie la lettre pour en découvrir le destinataire. Il la lit en diagonale avant de la glisser dans une enveloppe, l'air confus.

Il jette des coups d'œil tout autour et me chuchote :

— Tu l'as lue ?

Je lui fais signe que non.

— Hum...

Charlie se met à tournoyer sur son siège avant de percuter maladroitement un paquet d'enveloppes soigneusement triées.

— Charles, s'emporte Mertin. Ça m'a pris trois heures !

— Désolé, je rangerai. Au fait, Leger, tu as reçu ça.

Je reconnais aussitôt l'écriture de maman.

— Merci.

Je lui arrache la lettre des mains.

— Pas de problème, répond-il sur un ton désinvolte, en soulevant un panier. Est-ce que tu peux me rendre un service ? Ça te dérange d'aller brûler cette montagne de papier ? Le plus tôt possible.

— J'y vais tout de suite.

Charlie me remercie d'un hochement de tête. Je fourre la lettre de maman dans ma poche et saisis le panier des deux mains.

Les fourneaux se trouvent près de la caserne des officiers. Je pose le panier et ouvre la porte. Les braises sont à peine rougeoyantes. Dessus, je place le tas avec mille précautions, en le ventilant afin d'aviver les flammes.

Si je n'avais pas été si prudent, je n'aurais jamais remarqué la lettre destinée à Lamay parmi les enveloppes froissées et les brouillons.

Charlie, tu as perdu la tête !

J'hésite un moment. Si je rapporte la lettre au bureau de poste, Charlie saura que je l'ai pris la main dans le sac. Ai-je envie qu'il sache que j'ai découvert son manège ? Ai-je envie qu'il se fasse prendre, tout simplement ?

Je jette la lettre dans le feu et la regarde se consumer jusqu'au bout. J'ai fait mon devoir, j'ai apporté la pile au bureau de poste. Le reste, je n'en suis pas responsable. Non seulement je suis irréprochable, mais la mystérieuse disparition de cette lettre épargnera sans doute de nombreuses vies.

Il y a déjà eu assez de morts, assez de souffrance.

Je quitte la salle des fourneaux et me lave les mains de toute cette affaire. Justice sera faite un jour ou l'autre. Les coupables seront punis, les innocents disculpés. Pour le moment, la situation est trop confuse.

De retour dans ma chambre, je sors la lettre de ma poche. J'ai hâte d'avoir des nouvelles de chez moi. Je n'aime pas savoir ma mère seule, sans moi. J'ai beau lui faire parvenir de l'argent toutes les semaines, c'est un maigre lot de consolation. Je me fais sans cesse du souci pour ma famille.

Apparemment, les craintes sont réciproques.

Je sais que tu l'aimes, mais ne fais rien d'irréfléchi.

Évidemment. Ma mère a tout deviné. Elle connaît mes sentiments pour America et se doute de la colère qui m'habite sans que j'aie besoin de rien lui confier. Et, sachant que je ne vais pas rester les bras croisés, elle s'inquiète pour moi.

Je fixe la page. Le roi semble avoir une propension à la violence. À moi d'être prudent, de rester hors de sa portée. Ma mère a beau me connaître par cœur, elle me sous-estime. Je suis un garde plein de ressources. Je déchire la lettre et vais la jeter au feu avant de me diriger vers le lieu du rendez-vous que j'ai fixé à America.

5.

J'ai tout calculé à la seconde près. Notre entrevue passera inaperçue à condition qu'America me rejoigne dans les cinq prochaines minutes. C'est risqué, mais il faut que je la voie. J'ai besoin d'elle.

La porte s'ouvre dans un grincement et se referme aussitôt.

— Aspen ?

J'ai entendu sa voix chuchoter mon prénom sur ce ton si souvent par le passé.

— Comme au bon vieux temps, hein ?

— Où es-tu ? (Je sors de derrière les rideaux, et elle lâche un petit cri de surprise.) Tu m'as fait peur.

— Ce ne sera pas la première fois, ni la dernière.

America possède de nombreuses qualités, dont la discrétion ne fait malheureusement pas partie. Elle bute contre le sofa, percute deux tables et se prend les pieds dans un tapis.

— Attention ! Tu vas réveiller tout le palais avec un boucan pareil.

Elle pouffe de rire.

— Excuse-moi. On peut allumer une lampe ?

— Non. Si quelqu'un voit la lumière filtrer sous la porte, on est fichus. Ce couloir n'est pas souvent inspecté, mais deux précautions valent mieux qu'une.

Enfin, je la serre dans mes bras, puis l'entraîne vers le fond de la pièce.

— Comment connais-tu l'existence de cet endroit ?

— Je suis un garde. Un garde d'une efficacité redoutable. Je connais le palais comme ma poche. Les sentiers du jardin, les passages dérobés, les salons particuliers n'ont aucun secret pour moi. Ni d'ailleurs les horaires, le tracé des rondes, les zones les moins surveillées ou les heures de relâche. Si ça te tente de visiter le palais en douce, c'est à moi qu'il faut t'adresser.

— Incroyable.

On s'assied par terre. Le clair de lune éclaire son visage. Son sourire s'efface bientôt.

— Tu es sûr qu'on ne risque rien ?

Ses craintes, je les devine. Elle songe au dos lacéré de Woodwork, aux mains écorchées de Marlee, au sort qui nous attend si on nous découvre ensemble.

— Fais-moi confiance, America. Il faudrait un hasard extraordinaire pour qu'on nous surprenne ici. Il n'y a aucun risque.

J'ai beau tenter de la rassurer, America est tendue. Je passe mon bras autour de sa taille et elle se blottit contre moi. Cette intimité, nous en avons tous les deux besoin.

— Tu t'en sors ?

Son soupir est si lourd qu'il me fend le cœur.

— Pas trop mal. Il y a beaucoup de tristesse en moi, de la colère aussi.

Elle pose sa main sur ma cuisse, comme par le passé, juste au-dessus de mon genou, à l'endroit où mon pantalon était déchiré et où elle avait pris l'habitude de me chatouiller.

— J'aimerais bien remonter dans le temps et retrouver ma petite Marlee, poursuit-elle. Et Carter aussi, même si je ne le connaissais pas.

— Moi si. C'est quelqu'un de bien.

Je songe alors à sa famille. Je me demande comment ils font pour joindre les deux bouts maintenant que leur principale source de revenu a disparu.

— On m'a raconté que, du début à la fin du supplice, il a répété à Marlee qu'il l'aimait. Il l'a aidée à ne pas lâcher prise.

— C'est vrai. Au début, en tout cas. On m'a emmenée de force avant la fin.

Je dépose un baiser au sommet de son crâne.

— On m'a raconté ça aussi.

Je ne sais pas pourquoi je ne lui avoue pas avoir assisté à la scène.

— Je suis fier que tu leur aies montré de quel bois tu te chauffes. Très fier.

Elle presse son front sur mon torse.

— Mon père aussi est fier de moi. La reine a critiqué mon attitude mais elle a fini par me féliciter. Je suis un peu perdue. D'un côté, on me dit que c'était une bonne idée, de l'autre non. Et de toute façon ça n'a servi à rien…

Je la serre fort contre moi.

— Détrompe-toi. Ça compte énormément pour moi.

— Pour toi ?

Ce n'est peut-être pas le moment de lui confier mes inquiétudes, pourtant il faut qu'elle sache.

— Oui. De temps à autre, j'ai eu peur que la Sélection ne t'ait métamorphosée. Tout le monde se plie en quatre pour toi, tu vis dans le luxe. Ce que tu as fait avant-hier m'a prouvé que tu es restée toi-même, America, que rien ne t'a corrompue.

— Au contraire, la Sélection m'a changée, oui, mais pas dans ce sens-là. Cet endroit me rappelle surtout que je ne suis pas faite pour ce genre de vie.

Sa colère se mue en tristesse. Elle lève le visage vers moi et enfouit sa tête au creux de mon épaule comme pour s'y cacher. J'ai envie de la garder dans mes bras, tout près de mon cœur, de sorte qu'elle puisse s'y fondre. J'aimerais pouvoir atténuer son chagrin.

— Écoute, Ame, le problème avec Maxon, c'est qu'il joue un rôle. Il se fait passer pour le gendre idéal. Mais il est comme tout le monde, il a ses défauts, ses faiblesses. Je sais qu'il t'intrigue, mais l'habit ne fait pas le moine.

Elle hoche lentement la tête. J'ai l'impression que je ne lui apprends rien.

— Il vaut mieux que tu comprennes le plus tôt possible que tu dois te méfier de lui. Ce n'est pas après ton mariage que tu pourras revenir en arrière.

— Je sais, souffle-t-elle. J'y ai réfléchi, moi aussi.

L'idée d'épouser Maxon l'a donc effleurée. C'est normal, ça fait partie du jeu. Mais c'est du passé.

— Tu as un cœur d'or, Ame. Le sort des autres ne te laisse jamais indifférente, mais tu as aussi le droit de penser à toi.

Elle reste songeuse.

— Je me sens si bête…

— Tu n'es pas bête.

— Mais si.

— Ame, tu me trouves bête, moi ?

— Non.

— C'est parce que je suis intelligent. Trop intelligent pour être amoureux d'une gourde. Alors la bêtise, ce n'est pas un argument.

Un léger rire jaillit de ses lèvres. Il suffit à détendre l'atmosphère. D'accord, je souffre moi aussi de la situation, mais je dois me montrer plus compréhensif. America ne voulait pas s'inscrire à la Sélection. C'est sa mère qui a insisté. En même temps, je l'ai encouragée. C'est en partie ma faute.

Une douzaine de fois, j'ai voulu implorer son pardon. En fait, elle me l'a accordé depuis longtemps, même si je ne le mérite pas. Peut-être que le moment est enfin venu de lui présenter des excuses sincères. Mais elle me devance.

— Tu as beaucoup souffert par ma faute, dit-elle. Je ne comprends pas comment tu peux encore être amoureux de moi.

Un soupir m'échappe. Elle cherche mon absolution alors que c'est moi qui devrais me mettre à genoux.

Comment lui faire comprendre ? Il n'y a pas de mots assez puissants pour exprimer ce que je ressens pour elle. Même moi, j'ai du mal à saisir l'ampleur de mes sentiments.

— Le ciel est bleu, le soleil brille et Aspen aime America d'un amour infini. Ainsi va le monde.

Je sens ses lèvres s'étirer en un sourire, contre mon torse. À défaut de m'excuser, je peux sans doute lui montrer à quel point je chéris le souvenir des dernières minutes que nous avons passées ensemble dans la cabane.

— Plaisanterie à part, il n'y a que toi dans mon cœur, Ame. Je n'arrive pas à m'imaginer avec une autre fille. Pourtant, j'essaie de me préparer à ton départ, au cas où… En vain.

Les mots me manquent et les gestes prennent le relais. Pas de baiser, rien qu'un câlin en silence. C'est tout ce dont j'ai besoin. Le flot de sentiments que j'éprouvais quelque temps auparavant resurgit. Rien n'a changé. Notre amour en sortira même renforcé.

— On ne devrait pas s'attarder, dis-je, la mort dans l'âme. J'ai beau être un garde redoutable, il vaut mieux ne pas prendre de risques inutiles.

Elle se lève à contrecœur. Je la prends une dernière fois dans mes bras avec l'espoir que cette étreinte me permette de tenir le coup jusqu'à notre prochain tête-à-tête. Elle se cramponne à moi comme si elle avait peur de me lâcher. Les jours qui viennent ne vont pas être faciles pour elle. Quoi qu'il se passe, je serai là.

— Je sais que c'est difficile à croire, mais ça me désole que Maxon ait révélé sa vraie nature. Je voulais que tu reviennes vers moi, pas que tu souffres. Surtout pas comme ça.

— Je sais.

— Je pense ce que je dis.

— Mais ce n'est pas fini, Aspen. Je suis toujours là, après tout.

— Oui, mais je te connais. Tu vas t'accrocher pour que ta famille obtienne des compensations financières et pour rester à mes côtés. Et tu vas prendre sur toi. Mais, à moins de remonter le temps, Maxon ne pourra pas effacer ce qu'il a fait. (Je pose le menton sur sa tête et la garde contre moi le plus longtemps possible.) Ne te fais pas de souci, Ame. Je vais prendre soin de toi.

6.

J'ai vaguement conscience de rêver. America se trouve à l'autre bout de la pièce, attachée à un trône. La main posée sur son épaule, Maxon veut la forcer à se soumettre. Elle m'adresse un regard inquiet et se débat, cherchant à me rejoindre. Je remarque alors que Maxon m'observe aussi. Son regard est menaçant. Il ressemble à s'y méprendre à son père.

Il faut que je vole au secours d'America, que je dénoue ses liens et qu'ensemble nous nous échappions. Seulement je ne peux pas bouger. Comme Woodwork sur l'échafaud, je suis attaché à un cadre en bois. Un frisson de terreur me parcourt le corps. Jamais nous n'arriverons à nous enfuir.

Maxon s'approche d'un coussin sur lequel repose une couronne très élaborée. Il la soulève et retourne auprès d'America pour la lui poser sur la tête. Elle la regarde avec méfiance, mais quand il la place sur sa chevelure flamboyante, elle se laisse faire. Toutefois, la couronne ne cesse de glisser.

Imperturbable, Maxon fouille dans sa poche et en retire une sorte de crochet. D'une main, il maintient la couronne bien droite, de l'autre, il enfonce l'instrument dans le crâne d'America, arrimant la tiare au cuir chevelu. Au même instant, je ressens deux brûlures fulgurantes dans le dos, comme si l'on venait de me poignarder. La douleur m'arrache un hurlement. Je m'attends à ce que le sang s'écoule de mes blessures, mais rien.

En revanche, le sang jaillit de la tête d'America, se mêlant à ses boucles et ruisselant le long de son visage. Un sourire cruel aux lèvres, Maxon continue à enfoncer des épingles dans son crâne. À chaque nouvelle blessure, je pousse un cri de douleur et, horrifié, j'observe la fille que j'aime. Son visage est baigné de sang.

Je me réveille en sursaut. Je n'ai pas fait de cauchemar aussi violent depuis des mois. Jamais encore America n'y était apparue. J'essuie les gouttes de sueur sur mon front. Ce n'est qu'un mauvais rêve. Pourtant, la sensation de douleur s'est répercutée à travers mon corps, et j'ai le tournis.

Je songe à Woodwork et Marlee. Dans mon cauchemar, j'aurais volontiers souffert à la place d'America. Woodwork a-t-il ressenti la même chose ? Aurait-il subi deux fois le supplice pour épargner Marlee ?

— Tout va bien, Leger ? s'inquiète Avery.

La chambre est plongée dans le noir. Il a dû m'entendre gigoter.

— Désolé. J'ai fait un mauvais rêve.

— C'est pas grave. Moi aussi, j'ai du mal à dormir.

Je roule sur le flanc pour lui faire face malgré l'obscurité. Seuls les officiers supérieurs bénéficient d'une chambre avec fenêtre.

— Qu'est-ce qui t'arrive ?

— Je ne sais pas, répond Avery. Ça te dérange si je pense à voix haute pendant une minute ?

— Non.

Avery est un véritable ami. Je peux bien lui accorder quelques minutes, même en pleine nuit.

Je l'entends se redresser sur son matelas. Il réfléchit un moment avant de parler.

— J'ai pas mal pensé à Woodwork et Marlee. Et à Mlle America.

— Mlle America ? Pourquoi ?

— Quand elle s'est ruée vers l'échafaud, ça m'a d'abord agacé. Pour qui se prend-elle ? me suis-je dit. Woodwork et Marlee ont commis un crime, et pour cela, ils devaient être punis. Il faut bien que le roi se fasse obéir, non ?

— Oui.

— Et puis, le personnel a applaudi la réaction de Mlle America. Je n'ai pas compris. Pour moi, elle avait tort. Le truc, c'est que les domestiques sont au palais depuis beaucoup plus longtemps que nous. Peut-être qu'ils savent des choses que nous ignorons.

Or, s'ils donnent raison à Mlle America... c'est que quelque chose nous échappe.

La conversation prend un tour dangereux. Mais Avery est mon ami, le meilleur qui plus est. J'ai en lui une confiance aveugle, et plus que jamais, au palais, j'ai besoin d'un allié.

— Ça mérite réflexion.

— Précisément. J'ai remarqué des faits curieux. Quand je monte la garde dans le cabinet du roi, il arrive que le prince quitte la pièce. Le roi Clarkson prend alors les papiers tout juste délaissés par le prince et en fait disparaître la moitié. Pourquoi ? Ne peut-il pas au moins lui en parler ? J'ai pensé que c'était peut-être une manière de le former.

— Ou bien de le contrôler ?

Je soupçonne Maxon de ne pas être au courant de tout ce qui se passe dans le royaume.

— Le roi estime sans doute que Maxon n'est pas assez compétent, avancé-je ensuite.

— Et si le prince était en fait trop compétent, et que ça dérange le roi ?

Je refrène un ricanement.

— Difficile à croire. Maxon est très distrait.

— Hum, lâche Avery tout en remuant dans le noir. Tu as probablement raison. J'ai juste l'impression que les employés n'ont pas la même opinion de lui que le roi. Et ils affichent une nette préférence pour Mlle America. À croire que, s'ils avaient leur mot à dire, ce serait elle qu'ils choisiraient. Vu qu'elle est d'un tempérament plutôt rebelle, est-ce que le prince Maxon n'aurait pas la même tendance à la désobéissance, lui aussi ?

Il soulève des points que j'ai préféré ignorer jusque-là. Maxon s'insurgerait-il contre l'autorité paternelle ? Contre la couronne et tout ce qu'elle représente ? Je n'ai jamais été un grand partisan de la monarchie ; je ne peux pas haïr un homme qui la défie.

Toutefois, mon amour pour America est plus fort que tout. Et Maxon est un obstacle. Quoi qu'il dise ou fasse, je ne pourrai jamais le respecter.

— Je n'en ai aucune idée, Avery. Il n'a rien fait pour intercéder auprès du roi en faveur de Woodwork.

— Ça ne veut pas dire qu'il approuvait, réplique Avery avec un bâillement sonore. Bref, tout ce que je dis, c'est qu'on nous a formés à surveiller les gens de passage au palais. Sans doute devrait-on aussi tenir à l'œil les gens qui y vivent.

J'ébauche un sourire.

— Tu as peut-être mis le doigt sur un truc intéressant.

— Sûrement, même. C'est moi le cerveau de notre équipe.

Il rajuste sa couverture et se rallonge.

— Tu ferais mieux de te rendormir, petit génie. On va avoir besoin de tes lumières demain, dis-je d'un ton moqueur.

— Bonne nuit.

Une minute s'écoule avant qu'il n'ajoute :

— Merci de m'avoir écouté.

— Pas de problème. C'est pour ça que les amis sont là, non ?

— Si. (Nouveau bâillement.) Woodwork me manque.

Je pousse un soupir.

— À moi aussi.

7.

Les injections ne me dérangent pas plus que ça. Le problème, c'est que chaque fois la brûlure met du temps à se dissiper. Le produit décuple nos forces. Il n'est pas rare d'apercevoir des gardes courir en rond pendant des heures ou s'adonner aux corvées les plus épuisantes du palais afin de brûler l'excès d'énergie.

— Officier Leger.

Le docteur Ashlar m'invite à entrer dans son cabinet. Je me poste près de la table d'examen. L'infirmerie est assez grande pour tous nous accueillir, mais je préfère l'intimité de cette pièce.

Pendant qu'il prépare la seringue, je me tourne et baisse légèrement mon pantalon. Le contact froid du coton alcoolisé me fait tressaillir et la piqûre qui me transperce la peau provoque une vive brûlure.

— Voilà, c'est fait ! Allez voir Tom. Il vous donnera des vitamines, ainsi que votre argent.

— Merci, docteur.

Mon postérieur m'élance.

Tom me remet quelques pilules à avaler avec un grand verre d'eau. Puis il me fait signer un reçu et je récupère mon argent, que je dépose dans ma chambre avant de sortir couper du bois. Le désir d'évacuer mon trop-plein d'énergie est accablant.

Chaque coup de hache me procure un profond soulagement. Aujourd'hui, je me sens une vigueur incroyable, nourrie à la fois par les injections, les réflexions d'Avery et mon cauchemar.

Je songe aux propos du roi. Pour lui, America est une moins-que-rien. De toute façon, elle en veut tellement à Maxon à présent qu'il est peu probable qu'elle remporte la compétition. Je me demande toutefois ce qu'il se passerait si elle finissait par décrocher la couronne. Comment réagirait Clarkson ?

Si Marlee était jusque-là sa favorite, sur qui jette-t-il désormais son dévolu ?

J'essaie de me concentrer, mais je ne tiens pas en place. Je fends les bûches sans relâche, comme un automate, pour ne m'arrêter que deux heures plus tard. Et uniquement parce que je suis venu à bout des réserves de bois.

— Il y a une forêt immense, derrière, si ça ne te suffit pas.

Je me retourne. Le palefrenier se tient là, sourire aux lèvres.

— Je crois que ça ira, dis-je, reprenant mon souffle.

L'effet des injections s'atténue peu à peu.

Il s'approche de moi.

— Tu as l'air plus en forme que la dernière fois. Plus calme.

Je m'esclaffe.

— J'avais besoin de me défouler, mais pas pour les mêmes raisons, aujourd'hui.

Il s'assied sur le billot avec nonchalance. Je ne sais pas vraiment quoi penser de lui. Il m'intrigue.

J'essuie mes paumes trempées sur mon pantalon.

— Désolé pour l'autre jour. Je ne voulais pas être désagréable, je…

Il m'interrompt d'un geste de la main.

— Ne t'excuse pas. Je ne voulais pas être insistant. C'est juste que je connais beaucoup de gens qui broient du noir et sombrent. Résultat, ils se renferment sur eux. Et à force de se focaliser sur ce qui ne va pas, ils passent à côté du bonheur.

Le ton de sa voix, les traits de son visage me paraissent vaguement familiers.

— Je déteste être dans cet état. Mais je suis très impulsif. Parfois, j'ai l'impression de garder trop de choses pour moi, d'avoir fait des conneries. Et ça me travaille. Et quand j'assiste à des scènes qui me semblent injustes…

— Tu as l'impression d'être impuissant.

— Exactement.

Il hoche la tête.

— À ta place, je commencerais par me concentrer sur ce qu'il y a de positif. Je me forcerais à voir le bon côté des choses. Ensuite, je chercherais à faire le bien autour de moi.

J'éclate de rire.

— Ça n'a ni queue ni tête.

Il se lève.

— Penses-y.

Je regagne le palais. Chemin faisant, j'essaie de me rappeler où j'ai pu voir cet homme. Peut-être était-il en Caroline avant de venir travailler au service du roi. J'aurais dû lui demander son nom. Je le ferai la prochaine fois, car mon petit doigt me dit que nous serons amenés à nous revoir. Je le trouve plutôt sympathique quand je ne suis pas d'humeur massacrante.

Après ma toilette, je rejoins ma chambre. Les conseils du vieil homme me reviennent à l'esprit. Voir le bon côté des choses. Faire le bien autour de soi.

Je saisis l'enveloppe qui contient les billets. Tant que je vis au palais, je ne dépense rien. Du coup, j'envoie l'intégralité de ma paie à ma famille. En général.

Je rédige un bref message à l'attention de ma mère.

Désolé, c'est moins que d'habitude.

J'ai eu un contretemps. Il y en aura plus la semaine prochaine.

Je t'aime,

Aspen.

Je glisse un peu moins de la moitié de mon pécule dans une enveloppe avec la note, puis je sors une autre feuille blanche.

Je connais l'adresse de Woodwork par cœur pour l'avoir écrite à sa place une douzaine de fois. L'illettrisme est plus courant qu'on ne le croit. Mais Woodwork redoutait tant qu'on le prenne pour un imbécile que j'étais le seul à partager son secret.

La ville d'origine, l'école, etc., autant de circonstances qui font qu'une personne peut passer une décennie au sein du système éducatif sans rien en tirer.

Woodwork n'est pas une exception. Maintenant, qui sait où il est, comment il va, et même si Marlee est avec lui ?

Chère Mme Woodwork,

Nous sommes tous navrés pour votre fils. J'espère que vous allez bien. Ci-joint sa dernière paie. Je tenais juste à m'assurer que vous la receviez.

Bon courage.

Aspen.

J'hésite à écrire autre chose. Mais je ne veux pas qu'elle s'imagine que je la prends en pitié et que je lui fais l'aumône. Pour le moment, mieux vaut rester concis. Rien ne m'empêchera, par la suite, de lui envoyer un petit quelque chose, de temps en temps, de manière anonyme.

La famille est sacrée. Et celle de Woodwork a besoin d'aide.

8.

Je patiente jusqu'à ce que le palais s'endorme, puis j'entrebâille tout doucement la porte de la chambre et hasarde un coup d'œil à l'intérieur. La chance est avec moi : America est encore éveillée. Elle tourne la tête vers moi et se redresse légèrement sur son lit. Elle s'attendait à ma visite.

Je laisse la porte grande ouverte et vais la rejoindre. Je m'agenouille auprès d'elle.

— Comment tu vas aujourd'hui ?

— Plutôt bien, répond-elle d'une voix qui m'indique le contraire. Celeste m'a montré un drôle d'article, mais je n'ai pas vraiment envie d'en parler. Elle me sort par les yeux.

Qu'est-ce qui cloche chez Celeste ? Pense-t-elle que c'est en manipulant et en tourmentant les autres candidates qu'elle se hissera jusqu'au trône ? Qu'elle fasse encore partie de l'Élite prouve une fois de plus que Maxon a des goûts très douteux.

— Je suppose qu'avec le départ de Marlee, Maxon n'expulsera personne avant un bon moment ?

Elle hausse tristement les épaules.

— Hé, dis-je en posant la main sur son genou, tout va bien se passer.

Elle affiche un faible sourire.

— Je sais. Marlee me manque, c'est tout. Et c'est le fouillis dans ma tête. Je n'arrive pas à mettre de l'ordre dans mes idées.

— Tu veux parler de quoi ?

Je m'installe dans une position plus confortable pour l'écouter.

— De tout, réplique-t-elle d'une voix désemparée. Je ne sais pas ce que je fais ici, qui je suis. Je croyais le savoir. Je ne parviens même pas à l'exprimer correctement.

Je l'observe. Le brusque départ de Marlee et la réaction de Maxon, qu'elle découvre sous un nouveau jour, l'ont fortement ébranlée. Pour la première fois, elle doit affronter la triste réalité. Une réalité qu'elle ne soupçonnait pas. Cet incident l'a brutalement fait retomber sur terre. À présent, elle semble paralysée, incapable de faire le moindre pas en avant de peur de trébucher. America était à mes côtés lorsque j'ai perdu mon père et assisté, impuissant, au châtiment corporel de Jemmy. Elle m'a vu me battre pour nourrir les miens, les protéger. Elle a certes été témoin de coups durs, mais n'en a jamais subi elle-même. Sa famille est sauve. À l'exception de son crétin de frère qui les a plus ou moins abandonnés, elle n'a jamais perdu quelqu'un de cher.

À part toi, peut-être, imbécile, m'accuse ma mauvaise conscience. Je chasse cette pensée de mon esprit. L'important, c'est America, pas moi.

— Tu sais qui tu es, Ame. Ne te laisse pas influencer par ces gens.

Elle effleure ma main.

— Aspen, je peux te poser une question ?

Ses traits sont empreints d'inquiétude.

Je l'encourage à parler.

— C'est un peu bizarre. Si être princesse n'impliquait pas que j'épouse Maxon, si c'était un métier comme un autre, tu penses que j'en serais capable ?

Drôle de question… Envisage-t-elle sérieusement de devenir princesse ? J'ai du mal à le croire. Peut-être que je m'emballe. Elle émet une simple hypothèse. Ce n'est pas comme si elle se voyait déjà la bague au doigt.

Les récents incidents l'ont tellement bouleversée qu'elle serait perdue, je pense, si elle savait tout ce qui se trame derrière les portes closes. Elle a beau réunir toutes les qualités…

— Excuse-moi, Ame, mais non. Tu n'es pas aussi manipulatrice qu'eux. C'est hors de ta portée.

Mes propos sont loin d'être insultants. Au contraire, je remercie le ciel qu'elle soit différente de ces gens-là.

Elle fronce ses sourcils fins.

— Pas aussi manipulatrice ? Comment ça ?

Un soupir m'échappe. J'essaie de clarifier ma pensée sans entrer dans les détails.

— Je passe mon temps à sillonner les couloirs du palais, Ame. Je suis témoin de certaines choses. On m'en raconte d'autres. C'est le chaos dans le Sud, là où se concentrent les castes les plus miséreuses. Les gardes qui travaillent depuis longtemps au palais m'ont raconté que les Sudistes n'ont jamais vraiment accepté les méthodes de Gregory Illeá, et la crise couve depuis longtemps dans ces régions-là. On raconte que c'est en partie pour cette raison que le roi a épousé la reine Amberly. Pour les amadouer. Comme elle est originaire du Sud, l'union a apaisé les esprits. Mais la trêve n'a duré qu'un temps.

Un silence s'ensuit.

— Tout ça ne m'explique pas pourquoi tu parles de manipulation.

La mettre dans la confidence, n'est-ce pas prendre un risque inconsidéré ? Non. America a gardé notre relation secrète pendant deux ans. Elle est digne de confiance.

— L'autre jour, juste avant le gala d'Halloween, je montais la garde dans le cabinet du roi. Ils parlaient des Sudistes qui soutiennent la cause des Renégats et ils m'ont demandé de confier une pile de lettres au service de distribution du courrier. Il y en avait plus de trois cents, America. Trois cents familles déclassées d'une caste parce que l'un de leurs membres a transmis des informations ou apporté son aide à une personne que le palais considère comme un terroriste.

America est sidérée. Dans son regard défilent tous les scénarios possibles.

— Imagine-toi dans la même situation. Du jour au lendemain, tu dois arrêter de jouer du piano et devenir employée de bureau, même si tu n'as aucune compétence dans le domaine. Le message est clair.

— Tu penses que… tu penses que Maxon est au courant ?

Bonne question.

— Forcément. C'est l'héritier du trône. Il dirigera bientôt lui-même le pays.

Elle hoche la tête. Dans son esprit, cette information vient s'ajouter à celles qu'elle a récemment glanées au sujet de son « petit ami ».

— N'en parle à personne, Ame, d'accord ? Mon indiscrétion pourrait me coûter mon poste.

Et tellement plus.

— Évidemment. C'est déjà oublié, répond-elle d'un ton faussement léger.

— Je donnerais n'importe quoi pour être avec toi, loin d'ici. Pour retrouver nos anciens problèmes.

L'époque où je piquais une colère parce qu'elle se privait de son dîner pour me l'apporter en douce dans la cabane me manque.

— Comme je te comprends. C'est tellement mieux de me faufiler par la fenêtre pour te retrouver dans la cabane plutôt que d'explorer le palais sur la pointe des pieds.

— Et racler mes fonds de poche pour te donner un penny, c'était mieux que d'avoir les mains vides. J'ai découvert que tu avais gardé toutes mes pièces la veille de ton départ seulement, ajouté-je en me remémorant leur poids dans ma paume tandis qu'elle les y versait.

J'effleure le bocal en verre qui repose sur sa table de chevet. Je suis heureux qu'elle l'ait conservé près d'elle, même après mon arrivée au palais. Il contenait autrefois des centaines de pennies que je lui avais donnés, un à un au fil des ans.

— Bien sûr que je les ai gardées ! s'exclame-t-elle avec fierté. En souvenir de toi. Elles m'ont permis de tenir le coup quand tu n'étais pas à mes côtés. Il m'arrivait parfois de les laisser glisser entre mes doigts, pour ensuite les remettre dans le bocal. C'était réconfortant de posséder des objets que tu avais touchés.

Elle et moi, nous sommes pareils. Je n'ai aucun objet qui lui appartienne, cependant je conserve en mémoire chaque instant vécu avec elle. Je les collectionne. Je revisite ces souvenirs à la moindre occasion. Ainsi, je passe plus de temps avec elle qu'elle ne l'imagine.

— Tu as fait quoi de toutes ces pièces quand je te les ai rendues ? demande-t-elle.

J'esquisse un sourire.

— Elles sont chez moi, bien au chaud. De côté.

Avant le départ d'America, j'ai économisé une petite somme d'argent en vue de l'épouser. Depuis, toutes les semaines, je charge ma mère de mettre de côté une partie de ma paie. Ma mère se doute de mes intentions, j'en suis sûr. Quoi qu'il en soit, ce sont surtout les pennies qu'America m'a confiés qui comptent pour moi.

— De côté ? Pourquoi ?

Pour t'offrir un mariage décent. Pour t'acheter une alliance digne de ce nom. Pour qu'on puisse s'offrir une maison.

— Ça, c'est un secret.

Je lui dirai en temps voulu. Pour l'instant, nous sommes encore en train d'essayer de resserrer nos liens.

— Comme tu voudras, petit cachottier, rétorque-t-elle en faisant mine d'être vexée. Et ne t'en fais pas. Je me fiche que tu me fasses des cadeaux. Tu es là, et ça me suffit amplement, même si ce n'est pas exactement comme avant.

Je me renfrogne. Est-ce si différent d'avant ? À tel point qu'elle ressente le besoin de l'exprimer à voix haute ? Non. Pas à mes yeux. Nous sommes toujours les deux jeunes de Caroline, amoureux en secret. Il ne faut pas qu'elle l'oublie.

J'aurais décroché la lune pour elle. Mais je n'ai rien pour l'instant, à l'exception des vêtements que je porte. Je baisse la tête, arrache un bouton de ma veste et le lui tends.

— Je n'ai rien d'autre à t'offrir. Garde-le précieusement et pense à moi. Tu peux être sûre que moi aussi, de mon côté, je pense à toi.

Elle prend le petit bouton doré et le contemple comme un trésor. Sa lèvre frémit et son souffle se hache, comme si elle retenait un sanglot.

— Je ne sais plus trop où j'en suis, avoue-t-elle. J'ai l'impression d'être complètement perdue. Je… je ne t'ai pas oublié. Mes sentiments sont toujours là.

Elle pose la main sur sa poitrine et enfonce les doigts dans sa peau, cherchant sans doute à calmer les battements de son cœur.

D'accord, nous avons encore beaucoup de chemin à parcourir. Pourtant je sais que tant que nous serons ensemble, nous nous en sortirons.

Ses paroles me suffisent. Je lui adresse un sourire.

— Les miens aussi, Ame. Le reste est sans importance.

9.

Le roi a invité les jeunes filles de l'Élite à prendre le thé en sa compagnie. Quand je me présente devant la chambre d'America, je sais pertinemment qu'elle n'y sera pas.

— Officier Leger, me reçoit Anne avec un grand sourire. Quel plaisir de vous voir.

En l'entendant prononcer mon nom, Lucy et Mary viennent également me saluer.

— Bonjour, officier Leger, dit Mary.

— Mlle America s'est absentée. Elle prend le thé avec la famille royale, ajoute Lucy.

— Oui, j'en ai entendu parler. En fait, c'est à vous que j'aurais aimé toucher un mot, mesdemoiselles.

Anne m'invite à entrer.

Je m'approche de la table. Elles me proposent un siège.

— Non. Je vous en prie, vous, asseyez-vous.

Mary et Lucy s'installent sur les deux fauteuils tandis qu'Anne et moi restons debout.

J'ôte mon couvre-chef et m'appuie sur le dossier derrière Mary. J'essaie de les mettre à l'aise en devenant un peu plus familier.

— Que peut-on faire pour vous ? s'enquiert Lucy.

— J'étais en train d'effectuer mon tour de ronde, et je me demandais si vous aviez remarqué quoi que ce soit d'anormal. Un détail, même insignifiant, nous aiderait peut-être à préserver l'Élite.

Ce n'est qu'un demi-mensonge. On ne m'a pas chargé de mener ma petite enquête, mais après tout, mon rôle est d'assurer la protection de ces demoiselles.

Anne réfléchit, tête baissée. Lucy lève les yeux, pensive.

— Je ne vois rien, dit Mary.

— D'autant que Mlle America sort beaucoup moins depuis Halloween, précise Anne.

— À cause de Marlee ? dis-je.

Ensemble, elles hochent la tête.

— À mon avis, elle ne s'en est toujours pas remise, commente Lucy. Je ne lui jette pas la pierre, d'ailleurs.

Anne lui tapote l'épaule.

— On sait bien que non.

— En gros, elle sort seulement de sa chambre pour aller au petit coin et assister aux repas ?

— Oui, confirme Mary. Ça lui est déjà arrivé, mais ces derniers jours… on dirait qu'elle se cache.

J'en tire deux conclusions importantes : d'une part, America ne passe plus de moments en tête à tête avec Maxon. D'autre part, personne ne soupçonne nos rendez-vous secrets, pas même ses femmes de chambre.

L'espoir enfle dans ma poitrine.

— On peut faire autre chose pour vous ? s'enquiert Anne.

— Je ne crois pas. Tendez l'oreille et restez sur le qui-vive. N'hésitez pas à venir me trouver si vous remarquez quelque chose.

Elles me couvent toutes les trois d'un regard ardent.

— Vous êtes un merveilleux soldat, officier Leger, remarque Anne.

Je chasse son compliment d'un geste.

— Je fais seulement mon travail. Et, comme vous le savez, Mlle America et moi venons de la même région. J'en fais un peu une affaire personnelle.

— C'est drôle, remarque Mary. Vous venez de la même province et vous êtes quasiment devenu son garde du corps personnel. Vous viviez près de chez elle, en Caroline ?

— En quelque sorte, dis-je, tâchant de rester le plus vague possible.

Le visage de Lucy s'illumine.

— Vous la connaissiez quand vous étiez enfants ? Comment était-elle, petite ?

Un sourire m'échappe.

— On se croisait de temps à autre. C'était un vrai garçon manqué. Toujours dehors à faire les quatre cents coups avec son frère. Une vraie tête de mule, d'après mes souvenirs. Et surtout, une fille très très talentueuse.

Lucy pouffe.

— En gros, la même qu'aujourd'hui.

Les trois employées s'esclaffent en chœur.

— En un sens, oui.

Je connais America mieux que personne. Sous ses robes de bal et ses bijoux, elle est restée la même.

— Je ferais mieux de redescendre. Je ne voudrais pas rater le Bulletin, dis-je en récupérant mon couvre-chef.

— Nous allons vous accompagner, réplique Mary. Il est presque l'heure.

Les domestiques ont la permission de regarder la télévision uniquement à l'heure du Bulletin. Seuls trois endroits sont équipés d'un poste réservé au personnel : la cuisine, l'atelier de couture et une grande salle commune où les employés se réunissent en général pour travailler au lieu de se détendre. J'ai une préférence pour la cuisine. Anne prend la tête du cortège, tandis que Mary et Lucy restent en arrière avec moi.

— On raconte que le palais va bientôt recevoir des invités de marque, officier Leger, lance Anne en marquant un bref arrêt. Mais il s'agit peut-être d'une rumeur sans fondement.

— Non, c'est vrai. Il paraît que le roi s'apprête à accueillir deux groupes distincts. Mais je n'en sais pas plus.

— Super ! s'exclame Mary avec une pointe de sarcasme. Je vais encore devoir repasser des kilomètres de nappes. Anne, ça te dit d'échanger ta corvée, quelle qu'elle soit, contre la mienne ? s'écrie-t-elle en rattrapant Anne au pas de course.

Elles se mettent alors à débattre des tâches qu'on va leur assigner.

Je présente mon bras à Lucy.

— Mademoiselle.

Sourire aux lèvres, elle pose la main au creux de mon coude et redresse le menton.

— Monsieur.

Nous enfilons la galerie. Tandis qu'elles discutent des courses à prévoir, des robes à repriser, je comprends soudain pourquoi c'est avec les servantes d'America que je me sens le plus à l'aise.

Avec elles, je peux être de nouveau un Six.

Flanqué de Lucy et de Mary, je prends place devant un comptoir de la cuisine. Anne reste debout. Le Bulletin débute et elle fait taire les domestiques qui papotent.

Lorsque la caméra se braque sur les filles, je remarque immédiatement que quelque chose ne va pas. America n'a pas l'air dans son assiette. Elle s'efforce de faire bonne figure mais échoue lamentablement.

Qu'est-ce qui la tracasse ?

Du coin de l'œil, j'observe Lucy. Ses mains se sont remises à trembler.

— Qu'est-ce qu'il y a, Lucy ?

— C'est mademoiselle. Elle a l'air inquiète. (Lucy porte la main à sa bouche et se ronge les ongles.) Je me demande ce qui s'est encore passé. Mlle Celeste a l'air d'une chatte prête à fondre sur sa proie. Que deviendra-t-on si c'est elle qui remporte la Sélection ?

Je pose la main sur la sienne, sur ses genoux. Elle cesse aussitôt de trembler. Lucy m'adresse un regard troublé. J'ai l'impression que je suis le seul à me faire du souci pour elle. Les autres ne semblent pas avoir remarqué à quel point elle est anxieuse.

— Ne vous en faites pas pour Mlle America, Lucy. Tout ira bien.

Mes paroles la réconfortent.

— Je l'aime beaucoup, chuchote-t-elle. Je veux qu'elle reste. J'ai l'impression que chaque fois que je m'attache à quelqu'un, il finit par s'en aller.

Lucy a donc perdu un proche. Voire plusieurs. Je commence à mieux cerner les raisons de son mal-être.

Je lui donne un gentil coup de coude.

— En tout cas, vous êtes coincée avec moi pendant quatre ans.

Elle me répond par un sourire, s'efforçant de réprimer ses larmes.

— Vous êtes si gentil, officier Leger. D'ailleurs, nous partageons toutes cette opinion de vous.

Elle bat des cils.

— Le sentiment est réciproque. J'aime beaucoup passer du temps avec vous, mesdemoiselles.

— Nous ne sommes pas des demoiselles à proprement parler, réplique Lucy en baissant la tête.

— Marlee mérite ce titre pour s'être sacrifiée par amour. Vous le méritez aussi. Vous vivez dans le sacrifice permanent. Vous passez votre vie à servir les autres.

Mary jette un bref coup d'œil sur nous avant de revenir à l'écran. Anne a sans doute intercepté notre conversation. Je la surprends en train d'épier.

— Vous êtes le meilleur, officier Leger.

J'ébauche un sourire.

— Lucy, le jour où on cessera de travailler au palais, j'espère que vous m'appellerez enfin Aspen.

10.

Comme chaque soir, je monte la garde devant la chambre d'America. À part fixer le mur d'en face, je n'ai pas grand-chose à faire. Au bout d'une demi-heure, je m'ennuie comme un rat mort et me mets à compter les heures jusqu'au lever du jour.

Aujourd'hui, il ne s'est rien passé d'extraordinaire. Une journée tout ce qu'il y a de plus calme. Seul événement notable : on nous a confirmé la venue prochaine d'invités de marque.

Des femmes. Beaucoup de femmes.

D'un côté, cette nouvelle me rassure. Les dames sont d'ordinaire moins agressives que les hommes. En revanche, une parole déplacée d'une femme suffit à déclencher une guerre.

Les membres de la Fédération germanique sont d'anciens alliés d'Illeá. À ce titre, ils ne représentent aucun danger pour la sécurité. Quant aux Italiens, on ne sait pas vraiment : ils jouent sur plusieurs tableaux.

America a hanté mes pensées toute la nuit. Je me demande pourquoi elle semblait si tourmentée durant le dernier enregistrement du Bulletin. J'hésite à lui poser la question. À elle de voir. Si elle veut se confier, je serai là. Pour l'heure, il faut qu'elle se rabiboche avec le prince. Plus elle restera au palais, plus nous passerons de temps ensemble.

Je roule les épaules en arrière ; mes articulations craquent. Plus que quelques heures à tenir. Je redresse le dos et aperçois une paire d'yeux bleus à l'angle du couloir.

— Lucy ?

— Bonsoir, répond-elle en avançant dans ma direction.

Derrière elle apparaît Mary, munie d'un petit panier dont le contenu est enveloppé dans un torchon.

— C'est Mlle America qui vous a appelées à son chevet ?

Inquiet, je pose la main sur la poignée pour leur ouvrir la porte.

Lucy place sa paume sur son cœur d'un geste nerveux.

— Non. Tout va bien, rassurez-vous. C'est vous que nous voulions voir.

Perplexe, je lâche la poignée.

— Que puis-je faire pour vous ?

Elles échangent un bref regard. Mary prend la parole.

— Nous avons remarqué que vous avez effectué beaucoup de gardes, ces temps-ci. Nous nous sommes dit que vous aviez sûrement un petit creux.

Mary dénoue le torchon, dévoilant un assortiment de muffins, de pâtisseries et de petits pains.

J'esquisse un sourire.

— C'est très gentil, mais je ne suis pas censé manger pendant mon service. En plus, je suis costaud. (Je contracte mon biceps et elles pouffent de rire.) Je peux me débrouiller comme un grand.

Lucy incline la tête.

— Oui. Mais accepter une petite faveur ne fait pas de vous une mauviette.

Je contemple leur visage, si semblable à celui d'America lors de notre dernière soirée dans la cabane. Enthousiaste, ardent, bon. Mes yeux se posent sur le panier de provisions. À quoi bon continuer de repousser ceux avec qui je peux être au naturel ?

— Écoutez, si quelqu'un approche, je dirai que vous m'avez plaqué à terre et forcé à manger les pâtisseries. D'accord ?

Ravie, Mary me tend le panier.

— D'accord.

Je jette mon dévolu sur une part de gâteau à la cannelle que je mords à pleines dents.

— Je ne vais pas manger tout seul ! dis-je, la bouche pleine.

Trépignant de joie, Lucy pioche aussitôt dans le panier. Mary l'imite.

J'avale ma bouchée et leur demande :

— Vous savez vous battre ? Je tiens à m'assurer que notre excuse tient la route.

Lucy se couvre la bouche en pouffant.

— Ça ne fait pas partie de nos attributions.

— Comment ça, mesdemoiselles ? C'est pourtant indispensable. Savoir faire le ménage, servir et se battre.

Un petit rire aigu les agite.

— Je ne plaisante pas. Qui est votre responsable ? Je m'en vais lui adresser une plainte par écrit !

— Nous en parlerons à notre chef demain matin, promet Mary.

— Me voilà rassuré.

Je croque dans le gâteau et secoue la tête d'un air outré.

Mary avale sa bouchée.

— Vous êtes très drôle officier Leger.

— Appelez-moi Aspen

— Aspen. Vous avez l'intention de rester, à la fin de votre contrat ? Je suis sûre que si vous demandiez un poste permanent, le palais vous embaucherait.

— Je ne pense pas. Ma famille réside en Caroline. Je vais essayer de trouver une place près de chez moi, si possible

— C'est vraiment dommage, murmure Lucy.

— Ne soyez pas triste. J'ai encore quatre années à tirer au palais.

— C'est vrai.

Elle a beau esquisser un sourire, elle a soudain l'air contrariée. Les gens qu'elle apprécie finissent toujours par s'en aller, m'a-t-elle confié. Je suis touché qu'elle me considère comme un proche. À vrai dire, je me suis aussi attaché à elle. Ainsi qu'à Mary et à Anne. Même si je ne les fréquente que par le biais d'America.

— Vous avez une grande famille ? demande Lucy.

— Oui. Trois frères : Reed, Becken, Jemmy. Et trois sœurs : Kamber et Celia, des jumelles, et Ivy, la petite dernière. Sans oublier ma mère.

Mary commence à remballer le contenu du panier.

— Et votre père ?

— Il est mort il y a quelques années.

Aujourd'hui, j'arrive enfin à le dire sans m'effondrer. Avant, c'était impossible, il me manquait trop. Il *nous* manquait trop. Mais dans mon malheur, j'ai eu de la chance. Certains pères se volatilisent tout bonnement dans la nature du jour au lendemain, laissant leur famille dans une misère noire.

Mon père, non. Il s'est battu jusqu'à son dernier souffle pour nous. Nous sommes des grades Six et la vie ne nous a pas fait de cadeau, pourtant il a toujours fait en sorte que nous ne manquions de rien. Il nous a inculqué un code de l'honneur et du respect. J'espère que je marcherai dans ses pas.

— Désolée, répond Lucy d'une voix douce. Ma mère est décédée il y a quelques années de cela aussi.

En apprenant que Lucy a perdu la personne la plus chère à son cœur, je comprends mieux sa nature angoissée.

— C'est un coup dur.

— Il faut quand même essayer de voir le bon côté des choses, réplique-t-elle, les yeux rivés sur le tapis.

— C'est drôle que vous disiez ça.

Elle relève la tête. Son visage affiche un vague espoir.

Un bref coup d'œil à Mary. Puis elle revient à moi.

— Pourquoi ?

Je hausse les épaules.

— Pour rien. Comme ça.

J'enfourne le dernier morceau de gâteau et me frotte les mains pour me débarrasser des miettes.

— Merci, mesdemoiselles, pour le casse-croûte. À présent, vous devriez filer. Mieux vaut éviter de traîner dans les couloirs du palais pendant la nuit. C'est risqué.

— Nous allons apprendre à nous battre, rétorque Mary.

— Et si vous commenciez par surprendre Anne ? Ne sous-estimez jamais l'élément de surprise.

— Nous tâcherons de ne pas l'oublier. Bonne nuit, officier Leger.

Elles pivotent sur leurs talons et s'apprêtent à s'éloigner.

— Attendez.

Elles s'arrêtent. Du menton, j'indique l'escalier de service.

— Redescendez plutôt par là. Je serai plus tranquille.

— À vos ordres, répondent-elles avec un sourire.

Au moment d'emprunter le passage, Lucy glisse quelques mots à l'oreille de Mary, qui disparaît dans la cage d'escalier. Lucy revient sur ses pas.

Les mains tremblantes, elle s'approche de moi.

— Je ne suis pas... douée pour exprimer ce que je ressens, m'avoue-t-elle en dansant d'un pied sur l'autre. Mais je tenais à vous remercier pour votre gentillesse.

— Ce n'est rien.

— Si, pour nous, c'est beaucoup, réplique-t-elle, le regard ardent. Les cuisinières et les lavandières ont beau nous répéter que nous avons de la chance d'avoir ce poste, on ne s'en rend vraiment compte qu'au moment où les gens nous apprécient vraiment. Mlle America fait preuve à notre égard d'une bonté surprenante. Et vous aussi... Vous êtes tous les deux gentils sans même en avoir conscience. Je tenais juste à ce que vous sachiez que ça nous touche toutes. Surtout Anne, je pense, même si elle mourrait plutôt que de l'avouer.

Je suis assez gêné.

— Merci.

C'est le seul mot qui m'est venu à l'esprit.

Les joues rouge écarlate, Lucy me salue d'un signe de tête.

— Bonne nuit, mademoiselle Lucy.

Elle se retourne, le visage radieux, à croire que je viens de lui faire le plus beau cadeau du monde.

— Bonne nuit, Aspen.

Après son départ, mes pensées se tournent vers America. Elle paraissait tourmentée aujourd'hui. Je me demande si elle se rend compte du merveilleux effet qu'elle produit sur son entourage. Son père avait raison : elle est trop bien pour cet endroit. J'espère au moins qu'elle est en train de dormir sur ses deux oreilles.

Des bruits de pas attirent mon attention. Trois majordomes passent en me bousculant. L'un d'eux boitille. Je me dirige vers le bout du couloir pour voir ce qui les a fait fuir lorsque la sirène retentit.

C'est la première fois que je l'entends, mais je comprends sur-le-champ ce qu'elle annonce : les Renégats.

Je reviens sur mes pas en courant et jaillis dans la chambre d'America. Si le personnel fuit les lieux, c'est qu'il n'y a plus une minute à perdre. Nous sommes peut-être déjà à la traîne.

Il faut qu'elle s'habille, et vite.

— Merde, merde, merde. Debout, Ame ! Où sont tes chaussures ?

— Quoi ? marmonne-t-elle, encore somnolente.

Elle rejette brusquement sa couverture.

— Ici, dit-elle en bondissant hors du lit. Je ne peux pas partir sans ma robe de chambre, ajoute-t-elle en me l'indiquant du doigt tandis qu'elle enfile ses chaussures.

Je l'attrape et veux l'aider à la mettre.

— Pas la peine. Je vais la porter sur mon bras, dit-elle en me la prenant des mains.

Je la pousse vers la porte.

— Dépêche-toi. Je ne sais pas où les Renégats se trouvent exactement.

Elle s'exécute. Une montée d'adrénaline m'envahit. Le moment est mal choisi, mais je l'attire vers moi d'un geste fébrile et l'enlace dans le noir.

J'écrase ma bouche sur la sienne, glisse la main dans sa chevelure et la plaque contre moi. C'est stupide. Vraiment très stupide. Et pourtant si naturel. J'ai l'impression que cela fait une éternité qu'on ne s'est pas embrassés avec une telle fougue. Ses lèvres sont chaudes, son goût familier. Un soupçon de vanille, dissimulant à peine son odeur dans sa longue chevelure, sur ses joues et dans son cou.

Nous pourrions rester dans les bras l'un de l'autre toute la nuit, mais je dois la conduire à l'abri.

— Va-t'en. Tout de suite.

Je la pousse vers le passage secret et m'élance dans le couloir. Une fois à l'angle, je dégaine mon pistolet et inspecte les lieux, à l'affût du moindre bruit. J'aperçois la jupe d'une femme de chambre à l'instant où elle disparaît dans un autre passage. Pourvu que Lucy et Mary aient rejoint Anne sans problème et qu'elles soient toutes trois en sécurité dans l'aile des domestiques.

Des coups de feu retentisssent dans le silence. Je me précipite en direction de l'escalier principal. J'ai l'impression que les Renégats sont contenus au premier étage. Je m'accroupis dans un recoin et, les yeux rivés sur l'escalier, je me tiens en embuscade.

Quelques instants plus tard, un homme monte les marches quatre à quatre. Il me faut moins d'une seconde pour m'assurer qu'il s'agit d'un intrus. Je vise et tire, le touchant au bras. Dans un grognement de douleur, le Renégat bascule en arrière. Aussitôt, un garde royal se jette sur lui et le maîtrise.

Un bruit violent résonne à travers la galerie. Les Renégats ont découvert l'escalier de service et se sont frayé un chemin jusqu'au deuxième étage.

— Si vous trouvez le roi, tuez-le ! Emportez tout ce qui vous tombe sur la main. Qu'ils gardent une trace de notre passage !

Je me déplace à pas de velours en direction des voix, marquant une pause à chaque angle et jetant sans cesse des coups d'œil furtifs autour. Derrière moi apparaissent deux uniformes. Je leur fais signe de se baisser et d'approcher lentement. Je finis par distinguer leur visage : ce sont Avery et Tanner. Je n'aurais pas pu demander mieux en termes de renfort. Avery est un excellent tireur, et Tanner d'un zèle redoutable – contrairement à nous autres, il a gros à perdre.

Tanner est l'un des rares officiers mariés. Sa femme lui reproche d'ailleurs de porter son alliance au pouce. Mais la bague appartenait à son grand-père, et il n'avait pas les moyens de la faire ajuster. Il a promis à son épouse que, dès son retour, non seulement il lui offrirait une bague digne de ce nom, mais qu'il porterait aussi la sienne chez un bijoutier.

Sa femme, c'est sa raison de vivre. Comme America, la mienne. Elle lui permet de se fixer un but et de garder la tête sur les épaules.

— Que se passe-t-il ? chuchote Avery.

— Je crois que je viens d'entendre leur chef. Il a ordonné à ses hommes de liquider le roi et de piller le palais.

Tanner se redresse.

— Il faut les empêcher de s'approcher de l'abri où s'est réfugiée la famille royale.

Je partage son avis.

— Ils sont nombreux. Mais si on reste tapis...

À l'autre bout du couloir, une porte s'ouvre avec fracas. Un majordome surgit, poursuivi par deux Renégats. C'est un jeune. Il a l'air terrifié. Les intrus brandissent des outils agricoles de toutes sortes. Au moins, ce ne sont pas des pistolets.

Je me campe face à eux et les braque :

— À plat ventre ! dis-je au majordome.

Il s'exécute immédiatement. Je tire, blessant un homme à la jambe. Avery se charge de l'autre, qui s'écroule, inanimé. Peut-être mort.

— Je m'occupe d'eux, déclare Avery. Partez à la recherche de leur chef.

Le majordome se relève et s'engouffre dans une chambre.

D'autres coups de feu retentissent. Des cris résonnent à travers les galeries. Ce n'est pas une petite attaque mais un véritable assaut. Je me concentre, tout entier à ma mission. Le reste cesse d'exister.

Suivi de Tanner, je me faufile jusqu'au troisième étage où des meubles, des œuvres d'art et des plantes jonchent le sol, en mille morceaux. Un Renégat est en train de barbouiller un message à la peinture rouge sur un mur. Je me place juste derrière lui, brandis mon arme et lui assène un violent coup de crosse sur le crâne. Il s'affale et je me penche sur son corps inerte pour le dépouiller de ses armes.

Une seconde plus tard, une salve de détonations retentit à l'autre bout de la galerie. Tanner m'entraîne aussitôt vers un sofa renversé. Nous nous réfugions derrière. Quand les coups de feu ont cessé, on hasarde un coup d'œil par-dessus le canapé pour dresser un bilan de la situation.

— J'en compte six, dit-il.

— Pareil. Je peux en toucher deux, voire trois.

— Ça suffira. Les autres prendront peur et déguerpiront. À moins qu'ils n'aient des pistolets

Je balaie les lieux du regard. À proximité, un miroir brisé. J'en ramasse un éclat et déchire un lambeau du canapé que j'enroule autour du tesson avant de le tendre à Tanner.

— S'ils se précipitent sur toi, sers-toi de ça.

— Super, commente Tanner avant de brandir son pistolet.

Je l'imite.

Les coups partent vite. Nous blessons deux Renégats chacun ; les deux autres se tournent et fondent sur nous au lieu de s'enfuir. Nous avons reçu l'ordre de les épargner si possible. Je vise donc les jambes, mais ils se déplacent si vite que je les manque.

Le colosse se dirige vers Tanner, l'autre, un homme plus vieux, maigre comme un clou et les yeux injectés de sang, vers moi. Je rengaine mon arme, prêt à me battre à mains nues.

— Bon sang, c'est moi qui me coltine le mastodonte, grommelle Tanner avant de s'élancer vers le géant.

Je suis juste derrière lui. Le Renégat me charge en hurlant. Je le saisis par le bras et plante mon couteau de fortune dans sa poitrine.

En un sens, j'ai pitié de lui. Ce n'est pas un adversaire de taille. Il n'a que la peau sur les os. Je les sens saillir sous mes doigts tandis que je l'empoigne.

Il titube et s'écroule à genoux. Je lui lie les mains dans le dos et les chevilles. À cet instant, on me saisit par-derrière et on me projette contre un tableau. Le verre du cadre m'entaille le front.

Je suis dans les vapes, le sang ruisselle dans mes yeux et me brouille la vue. Impossible d'affronter mon ennemi. Un bref frisson de panique me parcourt. Je m'accroupis et le fais basculer par-dessus mon épaule.

Il s'écrase sur le sol jonché de verre. Je m'apprête à lui menotter les mains quand un autre Renégat me percute de plein fouet.

Le gaillard se place à califourchon sur mon ventre et me maintient à terre, les bras en croix. Le visage à quelques centimètres du mien, il me postillonne sur la figure. Son haleine fétide m'emplit les narines.

— Conduis-moi jusqu'au roi, lâche-t-il d'une voix rocailleuse.

Je secoue la tête.

Il me lâche les bras pour me saisir par la veste. J'en profite pour l'agripper au visage et le repousser de toutes mes forces. Mais il me soulève par le col et cogne mon crâne contre le marbre. Sonné, je laisse retomber mes bras. J'ai la tête qui tourne, la respiration saccadée. Les mains en étau, le Renégat m'enserre la mâchoire pour me forcer à le regarder.

— Où-Est-Le-Roi ?

— Aucune idée, dis-je dans un souffle, en proie à un terrible mal de tête.

— Allons, blanc-bec. Si tu me livres le roi, je te laisserai peut-être la vie sauve.

Pas question de lui révéler l'emplacement du refuge. J'ai beau haïr la politique du roi, en le trahissant, je trahirais America.

En revanche, en lui donnant une fausse piste, je gagnerai du temps.

— Quatrième étage. La cachette se trouve dans l'aile est. Maxon s'y dissimule avec son père.

Un grand sourire lui étire les lèvres et il se met à ricaner. Son haleine nauséabonde m'attaque à nouveau le nez.

— Tu vois, c'était pas si difficile.

Je ne bronche pas.

— Peut-être que si tu m'avais répondu du premier coup, je t'aurais épargné.

Il enroule ses gros doigts autour de mon cou et serre de toutes ses forces. Mon esprit s'embrume. C'est un supplice. Mes jambes s'agitent, mes hanches se décollent du sol. Je tente par tous les moyens de le désarçonner. En vain. Il est trop lourd, trop corpulent.

Très vite, mes membres s'engourdissent ; l'oxygène vient à manquer.

Qui préviendra ma mère ?

Qui prendra soin de ma famille ?

… Au moins, j'aurai embrassé America… une dernière… fois.

À travers le brouillard, je perçois une détonation. Le corps massif du Renégat se relâche d'un coup et s'écroule sur le côté. Ma gorge émet des sons étranges tandis que l'air se remet à circuler dans mes poumons.

— Leger ? Ça va ?

Il fait noir. Bien que la voix d'Avery parvienne jusqu'à moi, je ne discerne pas son visage. Mais je l'entends. Et c'est suffisant.

11.

L'attaque a fait de nombreux blessés dans la garde royale. On dresse donc le bilan à l'infirmerie.

— Nous n'avons perdu que deux hommes ce soir, déclare notre commandant. Dans un sens, c'est une victoire. Étant donné le nombre d'assaillants, il y aurait dû y avoir beaucoup plus de victimes parmi vous. Voilà qui prouve la qualité de la formation que vous avez reçue, ainsi que vos aptitudes personnelles.

Il marque une pause, comme s'il s'attendait à ce qu'on applaudisse son discours, mais nous sommes bien trop fourbus.

— Nous avons arrêté vingt-trois Renégats qui, une fois interrogés, seront condamnés, et je vous en félicite. En revanche, je suis dépité par la quantité de cadavres. (Il nous toise du regard.) Dix-sept. Dix-sept Renégats morts.

Avery baisse la tête. Il a avoué avoir abattu deux hommes.

— En aucun cas vous ne devez exécuter un ennemi, sauf si votre vie en dépend, ou s'il s'en prend à un membre de la famille royale. Nous devons garder ces gredins en vie pour l'interrogatoire.

Quelques soupirs mécontents résonnent à travers la salle. Cet ordre me déplaît. Si l'on se contentait d'éliminer nos ennemis, ce serait plus efficace. Mais le roi exige des réponses, et d'après les bruits qui courent, il possède des moyens de torture très persuasifs pour faire parler les prisonniers. Je préfère ne jamais les connaître.

— Cela dit, vous avez tous accompli un travail exemplaire en protégeant le palais. Je vous invite tous, sauf les blessés graves, à reprendre votre poste au matin comme prévu. Grappillez quelques heures de sommeil et préparez-vous. Une longue journée vous attend.

La famille royale et l'Élite passent la matinée dans les jardins, le temps que le personnel remette un semblant d'ordre dans le palais. Les femmes de la Fédération germanique et de la monarchie italienne débarquent dans quelques jours, et les servantes sont submergées de travail

Je suis à deux doigts du malaise Le soleil éblouissant, la fatigue et mon uniforme amidonné ne facilitent pas les choses. Sans oublier le mal de crâne causé par le coup que j'ai reçu, les ecchymoses sous mon col et une douleur lancinante à la jambe dont j'ignore l'origine.

Le seul point positif dans tout ça, c'est que je monte la garde à proximité d'America. Je la contemple tandis qu'elle planifie un événement avec Kriss. Je n'ai jamais vu America afficher la moindre animosité à l'égard d'une de ses rivales, sauf Celeste. Pourtant, ses gestes indiquent qu'elle en veut à Kriss aujourd'hui. Celle-ci n'a pas l'air de s'en rendre compte. Elle bavarde avec America tout en jetant, de temps à autre, un coup d'œil en direction de Maxon. Je suis agacé de constater qu'America suit son regard. Mais je doute que ses sentiments envers Maxon aient changé du jour au lendemain. Comment pourrait-elle le regarder sans imaginer à nouveau Marlee sur l'échafaud ?

À voir les tentes et les tables ainsi disposées sur la pelouse, on croirait presque que la famille royale donne une garden-party. Si je ne l'avais pas vu de mes propres yeux, je n'aurais jamais deviné que le palais a été mis à sac. Tout le monde semble résolu à oublier les événements de la veille et à tourner la page.

C'est dommage. À mon avis, le roi devrait prendre le temps de disséquer les circonstances de l'attaque, histoire d'empêcher que pareil scénario ne se reproduise.

— Quelle perte de temps, aboie le roi en tendant une feuille à l'un de ses conseillers. Effacez les commentaires de Maxon : ils sont inutiles.

Au même instant, je croise le regard d'America. Elle est en train de m'examiner sous toutes les coutures. L'inquiétude se peint sur ses traits. Elle a remarqué les pansements sur mon crâne, et que je boitais. Je lui adresse un clin d'œil dans l'espoir de la rassurer. Je ne suis pas sûr d'avoir assez d'énergie pour assumer mon service de jour et monter la garde devant sa porte ce soir, mais si c'est le seul moyen de la voir…

— Des Renégats ! Fuyez !

Je me tourne vers le palais. C'est sans doute une fausse alerte.

— Quoi ? s'exclame l'officier Markson.

— Des Renégats, dans l'enceinte du palais ! hurle Lodge. Ils arrivent.

La reine se lève d'un bond et, protégée par ses suivantes, est conduite jusqu'à une entrée secrète.

Le roi rassemble ses papiers. À sa place, je craindrais plus pour ma vie que pour une liasse de documents, quel que soit leur contenu.

America n'a pas bougé de sa chaise, elle semble paralysée. Je me dirige vers elle quand Maxon me barre le chemin. Il pousse Kriss dans mes bras.

— Emmenez-la ! m'ordonne-t-il.

J'hésite un instant, songeant à America.

— Emmenez-la ! répète-t-il.

J'entraîne Kriss à l'abri tandis qu'elle hurle le prénom de Maxon. Moins d'une seconde plus tard, une détonation retentit et un flot de gens se déverse hors du palais. Une cohue de soldats et de Renégats.

— Tanner !

Je le happe alors qu'il est sur le point de rejoindre la bagarre. Je lui confie Kriss.

— Suis la reine !

Il s'exécute sans poser de question. Je pivote vers les pelouses et m'apprête à aller récupérer Ame lorsqu'un cri de Maxon me stoppe dans mon élan.

— America ! Revenez !

Je suis son regard paniqué et aperçois America qui s'élance à toutes jambes en direction de la forêt, une poignée de Renégats sur ses talons.

Non.

Des coups de feu retentissent à travers les jardins tandis qu'America court se réfugier parmi les arbres. Elle trébuche à plusieurs reprises. Les Renégats l'ont quasiment rattrapée. Ils paraissent plus jeunes et plus entraînés que ceux de la nuit dernière. Ce sont peut-être leurs enfants venus finir ce que leurs pères ont commencé.

Je dégaine mon pistolet et le pointe en direction des hommes. Je vise la nuque d'un rebelle et tire trois fois de suite. Sans succès. Ma cible a esquivé les balles en zigzaguant jusqu'à un tronc, dont il se sert comme bouclier.

Maxon esquisse quelques pas vers les bois avant que son père ne l'empoigne.

America ne fait pas partie de la famille royale, mais je suppose que si on abat ces Renégats sur-le-champ, personne ne nous le reprochera.

— Arrêtez ! s'écrie Maxon. Vous allez la toucher. Ne tirez pas !

Je m'élance, brandis mon arme et tire. Deux fois. Sans résultat.

Maxon me saisit par le col.

— Je vous ai dit d'arrêter de tirer !

Le prince est plus petit que moi et je le considère plutôt comme un lâche. Pourtant, la colère qui brille dans ses yeux à cet instant impose le respect.

— Pardonnez-moi, Votre Altesse.

Il me relâche brutalement, pivote sur lui-même et se met à faire les cent pas en passant sa main dans ses cheveux. C'est la première fois que je le vois dans cet état-là. Il me rappelle son père quand il est sur le point d'exploser.

J'ai beau être aussi désemparé que Maxon, je ne peux pas donner libre cours à mes émotions. L'une de ses prétendantes est partie ; la seule fille que j'aie jamais aimée a disparu. J'ignore si elle va pouvoir semer les Renégats, trouver une planque. La peur m'étreint, mon cœur bat à tout rompre.

J'ai promis à May de veiller sur America, de ne laisser personne lui faire du mal. Et j'ai failli à ma promesse.

Je jette un coup d'œil par-dessus mon épaule. Les filles et les domestiques sont rentrés se mettre à l'abri. Il ne reste plus dans le jardin que le prince, le roi et une douzaine de gardes.

Maxon me dévisage. Son expression est semblable à celle d'un animal enragé.

— Allez la chercher ! Tout de suite !

Je n'ai qu'une envie, me précipiter dans la forêt et la retrouver avant que d'autres soldats ne se lancent à sa recherche. Mais par où s'est-elle enfuie ?

Markson s'avance vers nous.

— Messieurs, dépêchons-nous. Le temps presse.

Nous lui emboîtons le pas en direction des bois.

J'ai les jambes en coton. Il faut que je me ressaisisse. Aujourd'hui plus que jamais, je vais avoir besoin de toute ma concentration. *Elle va s'en sortir. C'est la fille la plus tenace que je connaisse.*

— Maxon, rejoins ta mère dans le refuge, ordonne le roi à son fils.

— Vous voulez rire ? Je suis censé rester les bras croisés dans une cave alors qu'America a disparu ? Elle est peut-être morte !

Je me retourne. Maxon se plie en deux, le souffle rauque. Il manque de vomir.

Le roi Clarkson le force à se redresser en l'empoignant fermement par les épaules. Il le secoue comme un prunier.

— Reprends-toi. Il faut te mettre à l'abri. File. Et sur-le-champ !

Maxon brandit le poing. J'ai l'impression qu'il va frapper son père. Non. Il se ravise, inspire profondément, s'arrache à l'étreinte de son père et se dirige vers le palais à grands pas. Le roi n'aurait fait qu'une bouchée de son fils.

Je détourne aussitôt la tête. Pourvu que le roi n'ait pas remarqué qu'un garde a assisté à leur empoignade. L'exaspération permanente de Clarkson envers Maxon me laisse perplexe. Les choses sont sûrement plus complexes qu'il n'y paraît. Comment un homme qui se soucie tant de la sécurité de son fils peut-il se montrer si... agressif à son égard ?

Je rattrape le reste des officiers à l'instant où Markson prend la parole.

— La forêt vous est familière ?

Personne ne répond.

— Elle est vaste et touffue. Le mur d'enceinte situé au-delà est endommagé par endroits, offrant aux Renégats un accès facile aux jardins du palais.

Génial.

— Nous allons progresser en ligne. Ouvrez grand vos yeux : empreintes de pas, lambeaux de tissus, branches et brindilles cassées, le moindre indice nous permettra de remonter leur piste. À la tombée de la nuit, nous reviendrons chercher des torches et du renfort si nécessaire.

Il nous jauge d'un coup d'œil.

— Pas question de rentrer bredouille. Nous ne reviendrons pas sans la demoiselle, qu'elle soit vivante ou non. Nous ne laisserons pas le roi et le prince dans l'incertitude quant au sort de cette jeune fille. Vous m'avez bien compris ?

— Oui, chef, répond-on en chœur.

— Bien. Formez une ligne.

À peine avons-nous entamé notre battue que Markson m'arrête.

— Vous boitez beaucoup, Leger. Vous êtes sûr que vous êtes en état ?

Mon sang ne fait qu'un tour. Je suis à deux doigts de m'emporter, comme Maxon un peu plus tôt. Hors de question que je reste à me tourner les pouces pendant que le reste de la troupe part à la recherche d'America.

— Ce n'est pas grand-chose, chef.

Markson me scrute d'un air circonspect.

— J'ai besoin de mes hommes les plus vaillants pour cette mission. Peut-être que vous devriez attendre ici.

— Pas question, chef ! Je n'ai jamais désobéi à un ordre. Ne me forcez pas à commencer.

Je plante mon regard dans le sien et le soutiens longuement pour lui faire comprendre ma détermination. Je suis résolu à les suivre coûte que coûte. Un sourire apparaît au coin de ses lèvres et il me donne finalement son feu vert.

— D'accord, Leger. Allons-y.

Les heures passent. J'ai l'impression que tout se déroule au ralenti. On hurle le prénom d'America, on s'arrête, on tend l'oreille, on recommence. Le moindre bruissement de feuilles dans les arbres nous fait sursauter. À un moment donné, on repère une empreinte de pas, mais la terre n'est pas assez humide et la piste disparaît au bout de quelques mètres. J'ai l'impression que nous perdons notre temps. À deux reprises, on trouve des lambeaux de vêtements dans les branchages au ras du sol, pourtant ils ne correspondent pas aux habits que porte America. Le pire, ce sont les infimes traces de sang que nous avons repérées. Suite à cette découverte, on fouille les environs pendant une heure, inspectant le moindre buisson, le moindre centimètre carré de terre.

Le jour se couche peu à peu. Bientôt, il fera nuit.

Tandis que le reste de l'équipe avance, je demeure en arrière et me fige une minute. En d'autres circonstances, cet instant m'aurait paru magique. Les derniers rayons du soleil filtrent à travers les feuillages, semblables à des spectres. Les arbres tendent leurs branches comme s'ils cherchaient désespérément la compagnie les uns des autres. L'atmosphère est envoûtante.

Je dois me faire à l'idée que, peut-être, je quitterai ces bois sans elle. Ou pire, en portant son corps.

Cette pensée me paralyse. À quoi bon vivre et me battre si America ne fait plus partie de ce monde ?

America est la seule bonne chose qui me soit jamais arrivée.

Je ravale mes sanglots. Inutile de s'apitoyer.

— Ne laissez aucun recoin inexploré, nous répète Markson. S'ils l'ont tuée, ils l'ont peut-être pendue, ou enterrée. Soyez attentifs.

Ses paroles me filent à nouveau la nausée.

— Mademoiselle America ! crié-je.

— Je suis ici ! Par ici.

Je tends l'oreille en direction de la voix, de peur que mon imagination ne m'ait joué un tour.

America surgit vers moi en courant. Elle est pieds nus et maculée de terre. Je rengaine mon arme et ouvre grand les bras.

— Quel soulagement !

Je meurs d'envie de l'embrasser, mais… Elle est saine et sauve dans mes bras, et c'est déjà beaucoup.

— Je l'ai trouvée ! Vivante !

Les soldats se précipitent vers nous.

America tremble un peu. Elle est encore sous le choc.

Ma jambe a beau me faire souffrir, je ne la lâcherais pour rien au monde. Blottie contre moi, elle pose sa main sur ma nuque.

— J'avais peur qu'on découvre ton corps dans un fourré. Tu es blessée ?

— Un peu, aux jambes.

Je baisse les yeux. Ses mollets sont couverts d'éraflures, mais ça aurait pu être pire.

Markson se plante en face de nous, soulagé même s'il n'en laisse rien paraître.

— Mademoiselle America, vous êtes blessée ?

— J'ai quelques coupures aux jambes.

— Vous ont-ils fait du mal ?

— Non. Ils ne m'ont pas rattrapée.

Sacrée America.

Tous la félicitent, surpris. C'est de loin Markson que cette nouvelle enchante le plus.

— Aucune autre Sélectionnée n'aurait pu les semer, c'est certain.

America esquisse un sourire espiègle.

— Aucune autre Sélectionnée n'est une Cinq.

Je m'esclaffe. D'autres gardes m'imitent. Appartenir aux castes inférieures a parfois du bon.

— Bien vu. (Markson me donne une tape sur l'épaule tout en couvant America d'un regard bienveillant.) Rentrons au palais.

Il prend la tête du cortège, aboyant des consignes.

— Je sais que tu es intelligente et rapide, America. Mais tu m'as fait une belle frayeur.

Elle se penche à mon oreille.

— J'ai menti à ton chef.

— Comment ça ?

— Ils ont fini par me rattraper.

Je la fixe en silence. Pourquoi n'a-t-elle pas avoué la vérité aux autres ?

— Ils ne m'ont rien fait, mais une fille m'a aperçue. Elle m'a fait une révérence avant de filer.

— Une révérence ?

— Incroyable, non ? Je ne me suis pas du tout sentie menacée. C'était une fille ordinaire.

Elle réfléchit un instant avant d'ajouter :

— Et elle avait des livres. Toute une pile de livres.

— Ça arrive souvent. Aucune idée de ce qu'ils font avec. Ils s'en servent sûrement comme combustible. Il doit faire froid là où ils habitent.

Plus j'y pense, plus je suis persuadé que les Renégats ne cherchent qu'à vandaliser le palais et tout ce qu'il contient de plus raffiné, et à semer la panique. Voler les biens les plus précieux du roi pour le simple plaisir de les regarder brûler équivaut à faire un bras d'honneur à la monarchie.

Si je n'avais pas été témoin de leur cruauté, j'aurais trouvé ça drôle.

Les autres gardes sont trop près de nous. Nous effectuons le reste du trajet en silence. Le retour me paraît beaucoup plus rapide avec America dans mes bras. J'aurais aimé qu'il se prolonge. Après cet incident, je ne veux plus jamais la perdre de vue.

— Les prochains jours risquent d'être chargés pour moi, dis-je dans un murmure alors que le palais se dresse face à nous. Mais je vais faire mon possible pour venir te voir au plus vite.

Le moment est venu de la quitter. De la remettre entre d'autres mains que les miennes.

Elle se penche vers moi.

— D'accord.

Markson m'assène une nouvelle tape dans le dos.

— Conduisez-la auprès du docteur Ashlar, Leger. Ensuite, repos. Vous avez fait du bon travail aujourd'hui.

Au cœur du palais, les employés s'agitent dans tous les sens pour effacer les traces de la première attaque. À peine a-t-on pénétré dans l'infirmerie que le personnel soignant prend America en charge, de sorte que je n'ai pas le temps de lui reparler en tête à tête. En la déposant sur un lit, je contemple sa robe en lambeaux et ses jambes entaillées. Tout ça, c'est ma faute. Depuis le début. C'est à cause de moi si elle en est là aujourd'hui. C'est l'heure de rattraper le temps perdu et de commencer à rectifier le tir.

Cette nuit-là, je m'introduis en douce dans l'infirmerie. America dort à poings fermés. Son visage est débarbouillé mais ses traits sont encore crispés. Comme si elle était tourmentée jusque dans son sommeil.

— Coucou, Ame, lui soufflé-je en contournant son lit.

Elle ne remue pas un cil. Je n'ose pas m'asseoir de peur qu'on me surprenne. Je me plante à son chevet dans mon uniforme propre. Je ne l'ai enfilé que pour quelques minutes, le temps de lui transmettre mon message.

J'approche la main de sa joue pour la caresser et me ravise aussitôt. Mes yeux se posent sur son visage endormi.

— Je… je suis venu m'excuser. Pour aujourd'hui, je veux dire. (J'inspire profondément.) J'aurais dû te protéger. J'ai failli à mon devoir. Et ça aurait pu te coûter la vie.

America est en train de rêver. Ses lèvres se contractent et se détendent.

— En fait, j'ai beaucoup de choses à me faire pardonner. Je suis désolé de m'être emporté contre toi dans la cabane. Désolé de t'avoir poussée à remplir ce stupide formulaire d'inscription. C'est idiot… je m'étais mis cette idée en tête. (Une boule se forme dans ma gorge.) Tout ce que je souhaite, c'est ton bonheur. Et j'étais persuadé de ne pas être à la hauteur.

» Je n'ai pas pu sauver mon père. Je n'ai pas pu protéger Jemmy quand on l'a fouetté. J'arrive à peine à subvenir aux besoins de ma famille. Je voulais que toi, tu mettes toutes les chances de ton côté. Car tu mérites une vie bien meilleure que celle que je pourrais t'offrir. J'étais convaincu que te laisser partir, c'était une preuve d'amour.

Je l'observe longuement. J'aimerais avoir le cran de tout lui avouer quand elle est éveillée, histoire qu'elle puisse me contredire.

— J'ignore si je peux revenir en arrière, Ame. Je ne sais pas si notre relation redeviendra un jour comme avant. En tout cas, je n'ai pas l'intention de baisser les bras. Tu es mon âme sœur. Je me battrai pour toi.

Il me reste encore tant de choses à lui confier. Mais j'entends la porte de l'infirmerie s'ouvrir dans un grincement. Malgré l'obscurité, je distingue l'uniforme de Maxon. Je m'éloigne à pas lents, tête baissée, comme si j'étais en plein tour de ronde.

Il ne me salue pas ; c'est à peine s'il me remarque en fait. Il se dirige vers le lit d'America, approche une chaise de son chevet et s'y installe.

Une bouffée de jalousie m'envahit. Depuis le jour où j'ai rencontré America dans l'appartement de son frère, j'ai été contraint de l'aimer à distance. Maxon, lui, a tous les droits. Celui de s'asseoir auprès d'elle, de lui caresser la main. Le fossé entre leurs castes respectives n'a pas la moindre importance.

Parvenu à la porte, je m'arrête et les observe une dernière fois. La Sélection a effiloché les liens qui m'unissent à America. Maxon est comme la lame bien aiguisée d'un couteau, qui, dût-elle se rapprocher trop près, serait susceptible de trancher entièrement le cordon qui nous relie. Le problème, c'est que j'ignore jusqu'à quel point America le laisse approcher.

Il n'y a pas trente-six solutions. Il ne me reste plus qu'à attendre, accorder un temps de réflexion à America. En fait, nous en avons tous besoin.

Le temps est le seul remède aux maux qui nous agitent. Avec lui, tout finira par trouver son sens.

BONUS

- Entretien avec Kiera Cass
- Liste complète des Sélectionnées
- Liste des différentes castes
- Arbre généalogique de la famille d'America Singer
- Arbre généalogique de la famille d'Aspen Leger
- Arbre généalogique de la famille de Maxon Schreave
- Playlist officielle de *La Sélection*
- Playlist officielle de *L'Élite*

ENTRETIEN AVEC KIERA CASS

Quel était votre livre préféré quand vous étiez petite ?

Étrangement, je ne me rappelle pas avoir eu de livre favori. Je me souviens que mes parents m'avaient offert ces livres Disney accompagnés d'une cassette audio, où l'histoire est lue à voix haute, ce qui me permettait de suivre les pages avant même d'apprendre à lire. Et puis, j'ai su lire de manière assez précoce, du coup je faisais la lecture aux autres enfants.

C'est très drôle. J'avais complètement oublié cette histoire. Je suppose que j'ai toujours aimé lire !

Quand avez-vous su que vous vouliez devenir écrivain ?

Ça s'est fait un peu par hasard. Je traversais une période difficile et je ne savais pas vraiment comment gérer tout ça, jusqu'à ce qu'un jour je décide d'inventer un personnage dans ma situation et de voir comment il allait réagir. La lecture m'a toujours énormément aidée à m'adapter aux difficultés de la vie. Par conséquent, il me semblait logique d'écrire une histoire. Au bout du compte, ça m'a permis d'y voir beaucoup plus clair. Je n'ai jamais achevé ce projet car de trop nombreux personnages ont commencé à naître dans ma tête, chacun avec son histoire propre. America était, me semble-t-il, la troisième de ma liste. Mais l'une des premières dont j'ai senti le besoin de raconter l'histoire.

Qu'est-ce qui a inspiré La Sélection *?*

La Sélection est née de la remise en question de certaines histoires, notamment celle d'Esther (de la Bible) et de Cendrillon. Je me suis demandé si, avant d'être expédiée au palais du roi avec d'autres jeunes filles pour y décrocher le titre de reine, Esther avait eu un amoureux dans sa ville natale. C'est elle que le roi a choisie, ce qui est génial, mais à supposer qu'elle ait perdu, jamais elle ne serait retournée chez elle. Avait-elle de l'affection pour un garçon, a-t-elle dû par la suite renoncer à cet amour ? Je me suis toujours intéressée à son passé sentimental. Quant à Cendrillon, elle n'a jamais demandé un prince charmant ! Tout ce qu'elle désirait, c'était se rendre au bal vêtue d'une jolie robe. Nous partons du principe que, parce qu'elle a trouvé un homme, elle vécut heureuse et eut beaucoup d'enfants. Et si ce n'était pas le cas ? Et si le rôle de princesse était un fardeau beaucoup trop lourd à porter pour elle ?

Ces deux pensées se sont soudées dans mon esprit, et j'ai su que je voulais raconter l'histoire d'une jeune fille issue d'un milieu modeste, qui attirerait l'attention d'un prince mais qui ne voudrait pas de lui car elle serait déjà amoureuse d'un autre. Dès lors, j'ai compris qu'elle traverserait des épreuves qui l'endurciraient et qui lui ouvriraient les yeux sur le monde. Ce qui a donné naissance à *La Sélection.*

Quelle a été la réaction la plus remarquable que vous ayez suscitée chez un fan de la série ?

Je me souviens d'une lectrice venue à une séance de dédicace avec ses propres exemplaires de *La Sélection* et de *L'Élite* : une cinquantaine de Post-it dépassaient de chaque tome. Après la séance, elle est restée accompagnée de huit autres lecteurs, peut-être, pour me poser des questions approfondies sur les personnages et leur rapport au monde. Jamais je n'aurais pensé que les gens porteraient une telle attention à mes romans. Ce jour-là, une autre lectrice a tenté de me soudoyer avec un Coca Zéro et des crackers Wheat Thins (mon en-cas favori lorsque j'écris) pour s'assurer qu'America finirait bel et bien avec Aspen. C'était trop chou !

Sur Internet, j'ai été très surprise par les Tumblr ! Les lecteurs ont eu des idées incroyables ; ils ont créé des sites de jeux de rôle, écrit des fan-fictions et ont élaboré de merveilleuses théories pour le roman final. C'est d'autant plus cool que je travaille seule dans mon bureau. Du coup, ça fait toujours beaucoup de bien de constater que mon enthousiasme est partagé. C'est très amusant !

Comment choisissez-vous les noms de vos personnages ?

La plupart des prénoms sont, à l'origine, des prénoms de bébé que mon mari a écartés. Amberly, Kamber, Tuesday, Emmica, et même America, autant de prénoms féminins dont il n'a pas voulu. Du coup, je les ai attribués à mes enfants fictifs, histoire de les garder bien au chaud.

De temps à autre, je pars à la recherche d'un nouveau nom. Aspen m'est venu alors que j'en cherchais un à la fois dur et romantique. Le fait est qu'il a presque failli devenir « Apsen », car je n'arrêtais pas de me tromper dans l'ordre des consonnes. Parfois, il m'arrive aussi d'emprunter le nom de mes amis ou bien de lecteurs super sympa. Dans la trilogie, au moins cinq prénoms m'ont été inspirés par mes premiers fans.

Sur l'ensemble de la série, quelle fut la partie la plus difficile à écrire ?

Je dirais que le tome 2 m'a donné beaucoup de fil à retordre. On m'avait prévenu que les suites étaient généralement difficiles à écrire, pourtant je n'en avais pas l'impression. J'aimais l'histoire… mais j'ai fini par réécrire le milieu du livre en son entier. À deux reprises. Il y a encore des jours où je cherche des passages de l'intrigue qui n'ont finalement pas été publiés.

Sur le plan émotionnel, j'ai eu beaucoup de mal à écrire les derniers chapitres de *L'Élue*, à bien des égards.

Quelle fut la toute première scène de La Sélection *que vous avez écrite ?*

La toute première phrase du roman. De toute évidence, cette jeune fille venait de recevoir une lettre qui allait changer le cours de sa vie, et elle en était très contrariée. J'ai rédigé le tome 1 de manière chronologique, en demandant à America : « Que se passe-t-il ensuite ? » chaque fois que je parvenais à la fin de ce qui me paraissait former un chapitre. Pour *L'Élite*, j'ai procédé différemment. J'ai écrit diverses scènes que j'ai ensuite mises bout à bout. Quant à *L'Élue*, j'ai commencé par la fin pour remonter jusqu'au début.

Si vous deviez décrire America en quelques mots…

Au début du tome 1 : « Je vous en prie, ne me forcez pas à m'inscrire à la Sélection ! »

À la fin du tome 2 : « Une seconde… Est-ce que je suis vraiment à la hauteur ? »

Si vous deviez décrire Aspen en quelques mots…

Au début du tome 1 : « Jamais je ne renoncerai à toi. »

À la fin du tome 2 : « Je t'en prie, ne renonce pas à moi. »

Si vous deviez décrire Maxon en quelques mots…

Au début du tome 1 : « Pourvu que je leur plaise. »

La fin du tome 2 : « Une minute… qui est-ce que j'aime le plus à présent ? »

À quel personnage de la série vous identifiez-vous le plus ?

À May, même si je m'en suis aperçue relativement tard. Elle et moi aurions été les meilleures amies du monde dans la vraie vie. Elle a quinze ans à peine, et j'ai juste envie de feuilleter des magazines et d'écouter de la pop avec elle. Je ne sais pas trop ce que ça révèle de ma propre personnalité, étant donné que j'ai la trentaine, mais je m'en fiche. May est ma petite préférée.

Quel personnage vous a le plus étonnée dans la série ?

Je connaissais les secrets de la plupart des personnages depuis le début, j'ai donc rédigé le tome 1 en ayant toute la série en tête. Peu de choses m'ont surprise. Cependant, je dirais que je ne m'attendais pas à ce que Kriss s'émancipe à ce point. Dans mon esprit, c'était un personnage secondaire, une figurante. Seulement, une fois que les choses se sont gâtées entre Maxon et America, elle s'est frayé un chemin dans mon cerveau pour me demander de lui laisser sa chance.

Quel événement vous a le plus surprise dans la série ?

Très tôt, j'ai su que Marlee avait un secret, mais il m'a fallu un moment avant de le concevoir et de trouver une manière de le révéler au grand jour. Une fois la question réglée, j'ai dû me rendre à l'évidence : Carter et elle seraient punis. Je me suis renseignée sur les châtiments corporels, le type de bâtons employés, les différentes façons de donner le fouet et le genre de blessures et de cicatrices qui en résultaient.

Une fois que j'ai pris conscience de ce qui allait arriver au personnage de Marlee, j'ai eu du mal à m'y résoudre. Je devais m'interrompre dans l'écriture et je versais quelques larmes. Ce n'est pas tant l'événement en soi qui m'a choquée, mais le fait de m'apercevoir à quel point j'étais attachée à ces gens dans mon esprit. J'ai vraiment beaucoup d'empathie pour eux.

Certains personnages s'inspirent-ils de personnes de votre entourage ?

Oui et non. Je m'inspire forcément des gens que je connais pour mes personnages, du moins des sentiments que j'associe à leur prénom. Enfant, je connaissais une Celeste odieuse, du coup, lorsque cette peste apparaît à l'aéroport, j'ai d'emblée su comment j'allais la nommer. En outre, j'ai emprunté pas mal de noms à mes proches. À mon petit frère Gerad, par exemple. (Pour mémoire, toutefois, c'est un musicien hors pair et il aurait certainement fait un très bon Cinq.)

Je pense que c'est Callaway, mon mari, dont je tire ma plus grande inspiration. Il m'a demandé à plusieurs reprises si Maxon s'inspirait de lui et, à vrai dire, en un sens, oui… et pas vraiment, non plus. On retrouve un peu de Callaway dans tous mes personnages masculins. Comment pourrait-il en être autrement ? Il incarne l'amour à mes yeux ; c'est l'homme dont je suis tombée amoureuse. Les choses qui m'attirent chez lui ont tendance à ressortir quand j'écris. L'ardeur et le dévouement d'Aspen ? Callaway. Le côté coincé et adorable de Maxon ? Callaway. Et même la manière dont Carter regarde les gens : Callaway. Je n'y peux rien !

Avez-vous toujours su comment finirait l'histoire d'America ?

En un sens, oui. En 2009, j'ai autopublié un roman intitulé *La Sirène*, qui raconte l'histoire d'une jeune fille prénommée Kahlen : elle se retrouve temporairement au service de l'Océan. Kahlen vit assez mal sa situation et tient à partager son expérience. Si je lui posais une question, elle répondait sans détour.

Quand America m'est apparue et m'a demandé de raconter son histoire, j'ai d'abord pensé qu'elle serait semblable à Kahlen : impatiente de tout me confier. Mais c'est un personnage différent, et trop souvent, je lui attribuais un discours qui sonnait faux. En achevant le tome 1, je me suis aperçue de deux choses : primo, j'avais mal cerné mon héroïne et j'allais devoir réécrire le roman. Secundo, le garçon avec qui je pensais qu'elle finirait n'était pas celui qu'elle a préféré choisir.

Je m'étais en fait appuyée sur l'image que j'avais d'elle au lieu de prendre le temps de comprendre ce qu'elle voulait. Quand j'ai fini par écouter mon héroïne, je me suis rendu compte que j'avais tort. J'avais vraiment hâte que le tome 3 sorte afin de pouvoir dévoiler le dénouement que j'avais écrit en premier. C'était hyper théâtral. Totalement à côté de la plaque, mais spectaculaire.

Si vous étiez une habitante d'Illeá, voudriez-vous participer à la Sélection ?

Ça dépend. Ai-je un Aspen dans ma vie ? Le prince est-il un cœur à prendre comme Maxon ? Je pense que si j'étais une jeune fille célibataire, je m'inscrirais peut-être à la compétition, mais seulement si le prince en question a l'air d'un type bien. D'accord, il cherche l'amour, mais moi aussi ! En revanche, si j'ai déjà un homme dans ma vie... je ne pense pas que je le pourrais.

Dans un sens comme dans l'autre, je ferais une très mauvaise princesse.

Où America et Aspen se sont-ils embrassés pour la première fois ?

Dans la cabane de l'arbre.

Aspen, un peu plus âgé, a déjà embrassé quelques filles de la ville. Toutes les Six de son âge espèrent lui mettre le grappin dessus parce que non seulement Aspen est beau comme un dieu, mais il dégage aussi cet air canaille qui attire les filles comme un aimant. Mais aucun de ces baisers n'a vraiment compté pour lui. Et une fois qu'il a eu le coup de foudre pour America, il est prêt à tout pour la séduire.

À la veille de ses quinze ans, America est encore ignorante des choses de l'amour, n'ayant jamais rien ressenti pour personne auparavant. Elle ne sait pas quoi penser de ce garçon qu'elle connaît depuis toujours et qui, soudain, accapare son cœur et ses pensées.

Après qu'Aspen lui a offert une carte à l'occasion de son anniversaire, ils se sont vus tous les deux jours dans la cabane pendant deux semaines. Ils ont parlé, ri, blagué, échangé ces caresses insignifiantes qui vous semblent incroyables au début d'une histoire d'amour. Au terme de la deuxième semaine, Aspen est au bord de l'implosion.

America est blottie contre lui, la tête sur son épaule. D'instinct, il lui prend la joue, tourne son visage vers lui et l'embrasse. Elle écarquille les yeux, surprise par ce premier baiser, mais Aspen la retient. Quelques secondes plus tard, elle l'enlace et grimpe sur ses genoux. Ils n'ont pas été tellement plus loin cette nuit-là.

Citez-nous une chose au sujet d'America qui n'est pas mentionnée dans la série.

Il y a certainement quelques petits détails que le lecteur ignore sans que j'en aie vraiment conscience. Parce que moi, je sais tout, si vous voyez ce que je veux dire. Lorsqu'une nouvelle information apparaît au sujet de Maxon ou d'Aspen, je suis aussi surprise que mes lecteurs car je vois l'histoire à travers les yeux d'America. Si je révélais soudain qu'America est à moitié juive, ça surprendrait sans doute les lecteurs. Mais pas moi. Ça fait des années que j'étudie son arbre généalogique, donc c'est une évidence à mes yeux.

J'ai l'impression que ma réponse n'est pas terrible, mais je ne peux pas vous dire mieux !

LA LISTE COMPLÈTE DES SÉLECTIONNÉES

- Marlee Tames (Kent), Quatre
- Elayna Stoles (Hansport), Trois
- Tuesday Keeper (Waverly), Quatre
- Olivia Witts (Zuni), Trois
- Fiona Castley (Paloma), Trois
- Celeste Newsome (Clermont), Deux
- Emmica Brass (Tammins), Quatre
- Samantha Lowell (Sonage), Trois
- Tiny Lee (Dakota), Trois
- Kriss Ambers (Columbia), Trois
- Bariel Pratt (Sota), Deux
- Ashley Brouillette (Allens), Trois
- Janell Stanton (Likely), Trois
- Amy Everheart (Atlin), Trois
- Tallulah Bell (Hundson), Deux
- Anna Farmer (Honduragua), Quatre
- Kayleigh Poulin (Sumner), Trois
- Emily Arnold (Labrador), Trois
- Elizabeth O'Brien (Fennley), Trois

- Natalie Luca (Bankston), Quatre
- Lyssa Bow (Whites), Cinq
- Hannah Carver (Bonita), Cinq
- Elise Whisks (Angeles), Quatre
- Jenna Banks (Midston), Trois
- Clarissa Kelley (Belcourt), Deux
- C. C. Lands (St. George), Quatre
- Laila Toil (Panama), Quatre
- Reeli Tanner (Denbeigh), Quatre
- Mikaela Coveny (Calgary), Trois
- Camille Astor (Baffin), Deux
- Mia Blue (Ottaro), Trois
- Zoe Peddler (Lakedon), Quatre
- Sosie Keeper (Yukon), Quatre
- Leah Sacks (Dominca), Trois
- America Singer (Caroline), Cinq

LES DIFFÉRENTES CASTES

Remarque de Kiera : La liste suivante permet de se faire une idée générale des métiers liés aux castes dans *La Sélection*. J'ai bien conscience que cela ne couvre pas l'intégralité des professions de la planète, cependant j'espère que le tableau ci-dessous vous permettra de distinguer plus clairement les différentes catégories.

UNS : Royauté, clergé

DEUX : L'ensemble des célébrités, du type musiciens de MTV, sportifs professionnels, acteurs, top models ; politiciens et officiers (militaires, policiers, pompiers, gardes)

TROIS : Éducateurs de tous types, philosophes, inventeurs, auteurs, éditeurs, scientifiques en tous genres, médecins, vétérinaires, dentistes, architectes, documentalistes, ingénieurs, psychologues, réalisateurs, producteurs de musique, avocats

QUATRE : Agriculteurs propriétaires, joailliers, agents immobiliers, courtiers en assurance, chefs cuisiniers, chefs de projet dans le secteur du bâtiment, propriétaires de restaurants, de magasins et d'hôtels

CINQ : musiciens et chanteurs de formation classique, artistes en tous genres, comédiens de théâtre, danseurs, gens du cirque

SIX : Secrétaires, personnel de service, gouvernantes et majordomes, couturières, vendeurs en magasin, cuisiniers, chauffeurs

SEPT : Jardiniers, ouvriers en bâtiment, ouvriers agricoles, livreurs, la plupart des ouvriers d'extérieur

HUIT : Handicapés physiques ou mentaux (notamment les « sans famille »), toxicomanes, fugueurs, sans-abri

ARBRE GÉNÉALOGIQUE
DE LA FAMILLE
D'AMERICA SINGER

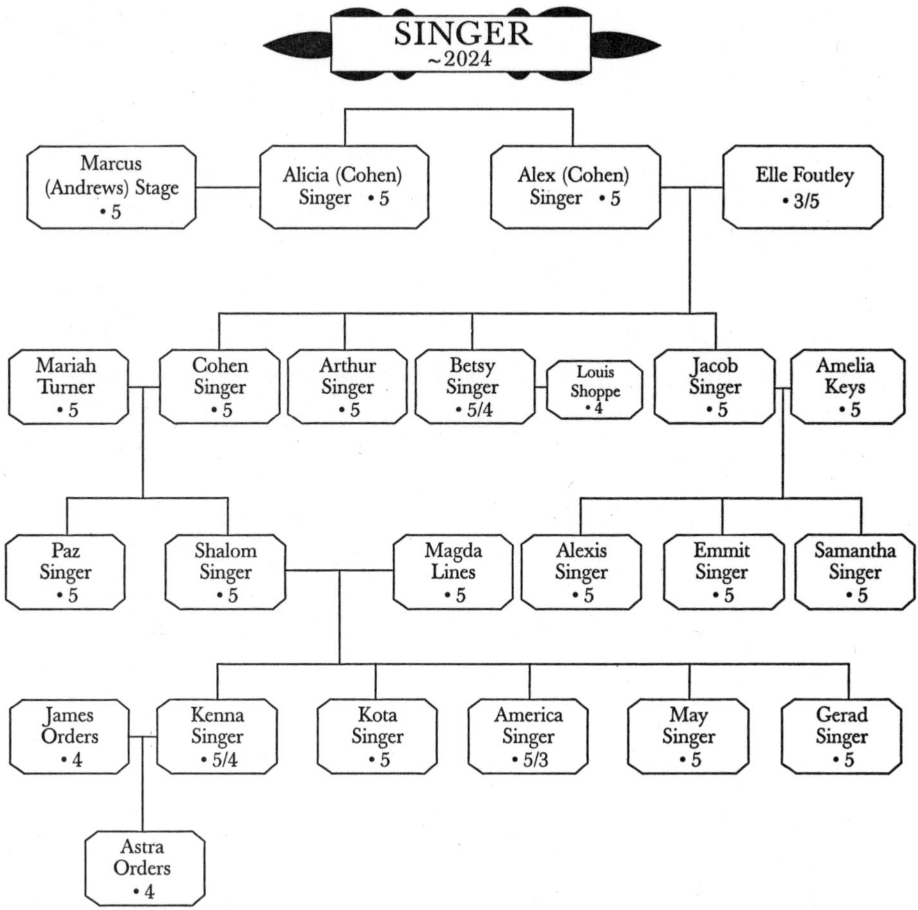

Note de Kiera : Alicia et Alex Cohen ont vingt-deux et vingt-quatre ans quand leur père meurt à la guerre (la IVe Guerre mondiale). Alex vient d'achever sa formation à la Juilliard School tandis que sa sœur entame des études de médecine. Dans un courrier du gouvernement, Alex apprend qu'on lui attribue un nouveau nom, Singer, et qu'il appartient désormais à la caste des Cinq. Ne comprenant pas la signification de cette lettre, il la met tout simplement de côté.

À cette époque, seul le tiers supérieur de la population est au fait du système des castes. Les autres l'apprennent peu à peu, à leurs dépens, une fois au pied du mur.

La fiancée d'Alex, Elle, une Trois, n'y prête pas plus attention que lui. Jusqu'à ce que le système la rattrape. Sa licence d'enseignante lui est alors subitement retirée, ce qui la laisse inconsolable. Quant à Alicia, suite à la mise en place du système, elle est expulsée de l'université. On lui apprend qu'elle doit désormais exercer le métier d'artiste.

L'arbre généalogique des Singer est très représentatif des autres familles d'Illeá. La quasi-totalité des mariages s'effectue au sein de la même caste ; l'espérance de vie de ses membres est assez réduite. Mais, en dépit d'un grade peu élevé, les Singer sont une famille attrayante et talentueuse. Ils font partie de la crème de leur caste.

Les parents d'America se rencontrent par le biais de leur profession. Lorsque Shalom vend six de ses œuvres à un richissime mécène de grade Deux, ce dernier donne une fête afin d'exhiber ses nouvelles acquisitions. Shalom y assiste pour expliquer son travail aux invités. À cette occasion, Magda est également présente. Elle anime la soirée en jouant du piano. Shalom tombe immédiatement sous son charme. Elle repousse d'abord ses avances, obsédée par l'idée d'épouser un homme d'une caste supérieure à la sienne. Mais il lui fait une telle cour qu'elle finit par succomber.

Lorsqu'ils deviennent parents, Shalom et Magda s'éloignent l'un de l'autre. Le stress lié à l'état de leurs finances cause des tensions au sein du couple. Bien qu'ils se soient mariés par amour, ils vivent dans la crainte constante de ne pas pouvoir joindre les deux bouts. La plus grande fierté de Magda, c'est qu'America ait acquis le statut de Trois. Et quand

America s'installe au palais, sa mère, triomphante, s'en vante auprès des familles qui les ont longtemps snobés.

America a une vision de l'amour similaire à celle de Shalom. D'ailleurs, elle partage beaucoup de points communs avec son père, pour qui elle a toujours marqué une nette préférence.

Sans la mise en place du système des castes, le nom de famille d'America serait Cohen.

ARBRE GÉNÉALOGIQUE
DE LA FAMILLE D'ASPEN LEGER

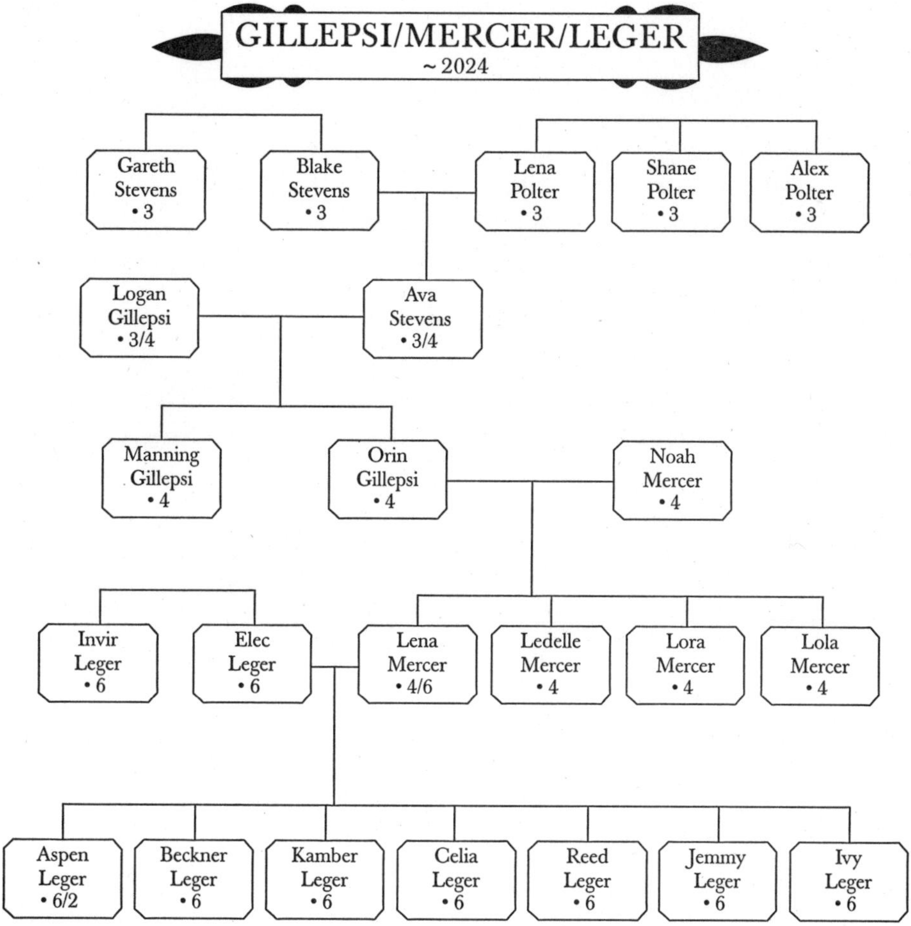

Note de Kiera : La famille d'Aspen est presque épargnée au moment de la mise en place du système des castes. À cette époque, Ava et Logan Gillespi coulent une existence paisible parmi les Trois. Ils sont tous deux écrivains, dévoués à leur patrie. Jusqu'au jour où un voisin est accusé d'héberger des Renégats. Pour le punir, Gregory Illeá relègue sa famille au rang de Huit. Tous ses voisins sont rétrogradés d'une caste.

Les Gillespi deviennent donc des Quatre. Ils se lient alors d'amitié avec les Mercer, propriétaires d'un restaurant. Séduits par cette perspective, ils envisagent eux aussi d'ouvrir leur propre affaire.

Leur fille, Orin, épouse Noah, le fils des Mercer. Orin et Noah ont quatre filles. Les parents d'Orin mettent de l'argent de côté pour permettre à l'aînée de leurs petites-filles, Lena, de racheter sa place dans la caste des Trois.

Lena prend l'argent… et s'en sert pour acheter une licence de mariage. Elle épouse un serveur employé dans le restaurant de ses parents, Elec Leger, jeune homme aux yeux verts étincelants. Ils se marient en secret.

Par la suite, Lena est reniée par sa famille. Elle et son mari vivent dans la rue pendant cinq mois, le temps d'économiser assez d'argent pour louer un petit appartement. Ce foyer étriqué est bientôt envahi d'enfants.

Aspen voit son père mourir sous ses yeux d'une mystérieuse maladie, la famille étant trop pauvre pour consulter un médecin. Un mois après être tombé malade, Elec meurt.

Lena pleure sincèrement son mari. Et bien qu'elle doive alors élever seule ses sept enfants avec une rente très maigre, elle n'a jamais regretté d'avoir épousé Elec.

Aspen n'a aucune photo de son père. Cependant, sa mère a conservé tous les effets personnels de son mari défunt. Très souvent, Aspen la surprend à épousseter un bibelot ayant appartenu à Elec, avant de le remettre amoureusement en place.

Aspen constate aussi que sa mère travaille beaucoup et se tue à la tâche. C'est pourquoi il hésite à faire sa vie avec America. Il l'aime, mais il estime qu'il y a une grande différence entre être né Six et le devenir. Il pense qu'elle mérite mieux.

Avant la mise en place du système, la famille Leger se dénommait Huntington.

ARBRE GÉNÉALOGIQUE DE LA FAMILLE DE MAXON SCHREAVE

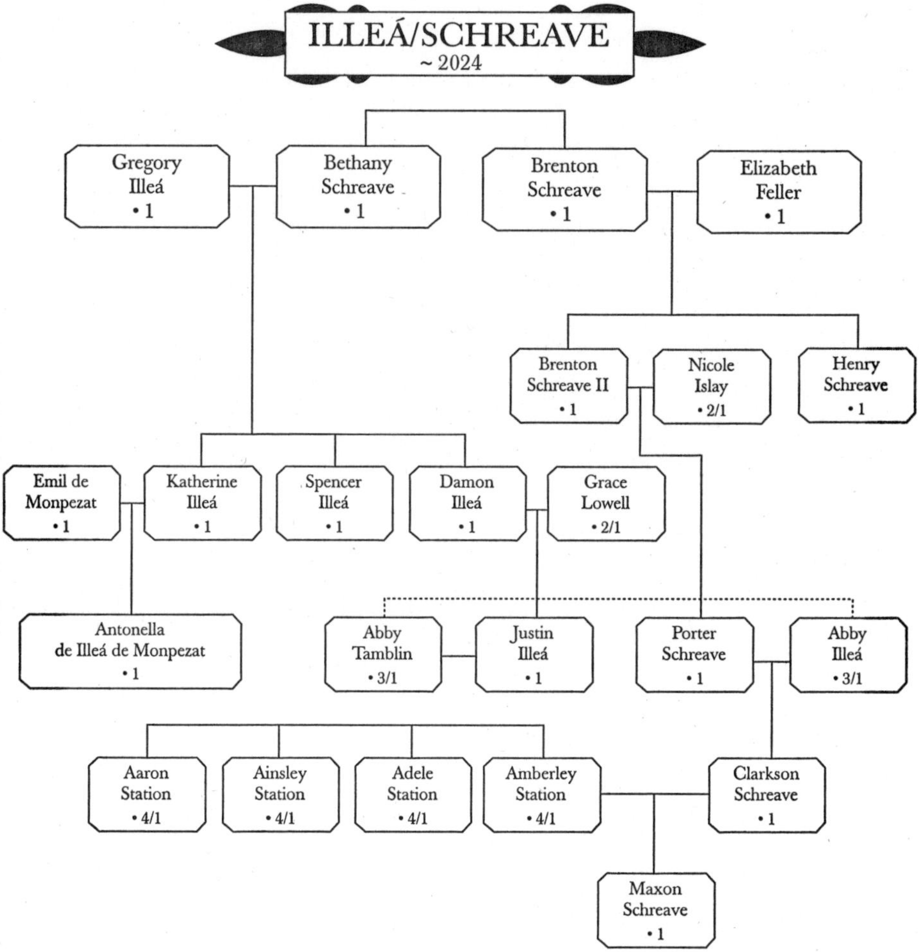

Note de Kiera : L'histoire des Schreave est jalonnée de drames propres aux familles royales.

Gregory épouse Bethany Schreave, la sœur de son conseiller et meilleur ami, Brenton Schreave. Elle donne naissance à leurs enfants des années avant l'accession au pouvoir de Gregory. Quand il monte enfin sur le trône, il s'est déjà lassé de la vie conjugale. On raconte que la chute mortelle dont est victime Bethany serait un suicide, et non pas un accident.

Pour asseoir son autorité, Gregory commence par marier sa fille aînée, Katherine, au prince de Swendway. Son fils Spencer meurt mystérieusement quelques années plus tard. Tous les regards se portent alors sur Damon, le benjamin d'Illeá. À cette époque-là, le moral de la nation est au plus bas : deux décès consécutifs au sein de la famille royale, une économie désastreuse et un système de castes récemment établi qui mécontente fortement la population. C'est alors qu'est inventée la Sélection, non seulement pour régénérer la lignée royale mais surtout pour apaiser les sujets du royaume.

La première Sélection est orchestrée de bout en bout. Damon couche avec la moitié des jeunes filles avant de les renvoyer chez elles. Il finit par épouser Grace, une candidate choisie par son père.

Abby, la gagnante de la deuxième Sélection, affiche une nette préférence pour Porter, le cousin du prince Justin. Ensemble, ils complotent l'assassinat de Justin. À l'article de la mort, Gregory encourage Abby à épouser Porter afin que se perpétue la lignée des Illeá.

Abby s'unit alors à Porter. Elle est enceinte de leur premier enfant bien avant le mariage. Mais la passion des premiers jours s'étiole très vite. Méfiant, Porter garde ses distances. Ne s'est-elle pas débarrassée de son premier époux ? Qu'est-ce qui l'empêcherait de lui faire subir le même sort ?

Leur fils unique, Clarkson, grandit dans un foyer qui se déchire, au milieu des cris et des coups.

D'un tempérament très calme, Amberly fait fureur lors de la troisième Sélection. Elle est l'extrême opposé de ce que Clarkson a toujours connu. Il tombe sous son charme dès le premier regard. Lorsqu'une révolte éclate dans le Sud, c'est Clarkson lui-même qui se propose d'épouser une fille d'une caste inférieure afin d'apaiser les esprits. Son union calme en effet la population, mais la trêve est de courte durée.

Clarkson n'a toutefois jamais surmonté ses problèmes de confiance envers les autres. Amberly a beau être très perspicace, elle ne sait pas tout. Clarkson dirige sa famille d'une main de fer car, pour lui, c'est légitime. Amberly aime sincèrement son mari et passe outre ses défauts. C'est la bonté de son caractère qui empêche Maxon de suivre tout à fait l'exemple de son père.

PLAYLIST OFFICIELLE DE *LA SÉLECTION*

« Fairytale », Sara Bareilles

I don't care for your fairytales.

« Je n'ai pas envie d'aller grossir les rangs de la famille royale. Encore moins ceux de l'élite du pays. Hors de question. » (Chapitre 1)

« Dirty Little Secrets », The All-American Rejects

I'll keep you, my dirty little secret. Don't tell anyone or you'll be just another regret.

« Le fait de nous retrouver en cachette, Aspen et moi, sans respecter le couvre-feu… cela pourrait nous attirer de sérieux ennuis. Sans parler de l'enfer que me ferait vivre ma mère. » (Chapitre 2)

« What You Wish For », Guster

And what you wish for won't come true. You aren't surprised, love, are you ?

« — Maman, tu sais que je suis forcée d'accepter, pas vrai ? Même si rien ne dit que je vais être tirée au sort…

— Oui, je sais. Cela vaut pourtant la peine d'essayer. » (Chapitre 3)

« GOOD-BYE TO YOU », MICHELLE BRANCH

You were the one I loved, the one thing that I tried to hold on to.

« Je le serre contre moi et nous échangeons un baiser fougueux – un baiser d'adieu. Et parce que Illeá est enlisé dans des lois injustes, parce que nous avons dû vivre notre amour dans la clandestinité, je ne peux même pas crier son nom. Ni lui lancer une dernière fois que je l'aime. » (Chapitre 5)

« BIG CASINO », JIMMY EAT WORLD

I'll accept with poise, with grace, when they draw my name from the lottery.

« Mlle America Singer, de Caroline, grade Cinq. » (Chapitre 5)

« ALL I WANTED », PARAMORE

I could follow you to the beginning, just to relive the start.

« Je le déteste ! C'est toi que j'aimais ! C'est avec toi que je voulais faire ma vie. » (Chapitre 6)

« MADE FOR YOU », ONE REPUBLIC

Can you feel all the love, like it was made for you ?

« Des dizaines de personnes en délire crient mon nom et je me dévisse le cou pour les remercier d'un regard. Je n'en crois pas mes yeux. Il y a ici des gens qui me soutiennent et me voient déjà gagnante. Mon estomac se noue. » (Chapitre 8)

« Fences », Paramore

You're always on display for everyone to watch and learn from. Don't you know by now ?

« Des équipes de tournage sillonnent la pièce, des journalistes interrogent les candidates tandis que des photographes mitraillent leurs chaussures. » (Chapitre 9)

« The Middle », Jimmy Eat World

Hey, don't write yourself off yet. It's only in your head you feel left out.

« — Je ne suis pas énigmatique.

— Si, un peu. Souvent, les gens se demandent s'ils doivent interpréter le silence comme une marque d'assurance ou, au contraire, de peur. Elles te regardent de travers pour te mettre mal à l'aise. » (Chapitre 10)

« Mercy », One Republic

All I wanted to do, is fall apart now.

« — Les circonstances étant ce qu'elles sont, je n'ai pas eu l'opportunité de tomber amoureux, ajoute-t-il. Et vous ?

— Moi, si. » (Chapitre 10)

« It's a Disaster », Ok Go

It's a disaster. It's an incredible mess.

« Je baisse la tête, évite son regard. Comment lui expliquer qu'on m'a mise en garde contre lui, que l'obscurité de la nuit et l'intimité de notre tête-à-tête me met mal à l'aise, que jusque-là, je ne me suis retrouvée seule qu'avec un seul autre garçon. » (Chapitre 12)

« Let the Flames Begin », Paramore

This is how we dance when, when they try to take us down.

« Je n'ai pas besoin d'en entendre plus. Des Renégats ont réussi à s'infiltrer à l'intérieur du palais. » (Chapitre 13)

« Two Sisters », Fiction Plane

Gorgeous eyes, to the right, to the left of me.

« Pourquoi Maxon ne m'en a-t-il rien dit ? Nous sommes amis, aux dernières nouvelles. Et les amis n'ont aucun secret l'un pour l'autre. Nous avons passé beaucoup de temps ensemble hier soir et il s'est contenté de me faire pleurer. Ce n'est pas très honnête de garder ses secrets pour soi tout en soutirant ceux de ses amis. » (Chapitre 16)

« A Beautiful Mess », Jason Mraz

I like being submerged in your contradictions, dear, 'cause here we are, here we are.

« Une chaleur inattendue s'empare soudain de moi.
Son premier baiser, c'est à moi qu'il a voulu le donner. » (Chapitre 18)

« The Bones of You » Elbow
But I love the bones of you, that I will never escape
« Il est à la fois étranger et familier. Mais ces yeux… aucun doute possible, ce sont les yeux d'Aspen. » (Chapitre 20)

« A Little Less Sixteen Candles, A Little More "Touch Me" », Fall Out Boy
I confess, I messed up, dropping I'm sorry's like you're still around.
« Il s'arrête près de moi et dépose sa lance par terre.
— Est-ce que tu l'aimes ?
Je plonge les yeux dans les siens, à peine visibles dans le noir.
L'espace d'une seconde, je ne sais que répondre.
— Non. » (Chapitre 22)

« Faint », Linkin Park
Don't turn your back on me, I won't be ignored.
« On doit vous emmener au sous-sol. Il y a des Renégats. » (Chapitre 23)

« All at Once », The Fray

There are certain people you just keep coming back to. She is right in front of you.

« Si les choses n'étaient pas aussi compliquées, j'aurais déjà annulé la Sélection depuis longtemps. Mes sentiments ne sont plus un mystère pour moi. Je suis certain que je serais heureux avec vous. » (Chapitre 24)

« Mexican Standoff », Elbow

Shifting my weight now from foot to foot. What did she see in this man ?

« — Donc, tu le préfères à moi ? demande Aspen.

— Je ne préfère personne. Je pense à moi, point barre. » (Chapitre 25)

« Spinning », Jack's Mannequin

I lost my place but I can't stop this story.

« C'est débordante d'une énergie nouvelle que je saute hors de mon lit. » (Chapitre 25)

PLAYLIST OFFICIELLE DE *L'ÉLITE*

« I Won't Give Up », Jason Mraz

Cause even the stars they burn, some even fall to the earth.

« [Il] me laisse tout le temps nécessaire pour tourner la page. Il se réserve aussi la possibilité de trouver l'âme sœur parmi les autres Sélectionnées, au cas où mes sentiments ne feraient pas écho aux siens.

Allongé à mes côtés sur la couverture, il se tourne vers moi. Je me blottis dans ses bras.

— Savez-vous quand j'ai contemplé les étoiles pour la dernière fois ? me demande-t-il. » (Chapitre 1)

« Secret », The Pierces

If I show you, then I know you won't tell what I said.

« Tenez, j'ai une idée. Vous pourriez emporter le journal et le garder quelques jours dans votre chambre.

— J'en ai le droit ?

— Non, répond Maxon avec un sourire. » (Chapitre 3)

« Animal », Neon Trees

Here we go again. I kinda wanna be more than friends.

« En une fraction de seconde, je me rends compte que l'idée que Maxon s'entiche d'une autre Sélectionnée m'emplit d'une jalousie insupportable. » (Chapitre 4)

« You Found Me », Kelly Clarkson

You broke through, all of my confusion.

« Dans son regard, je vois que nous sommes liés pour l'éternité. Aspen me connaît mieux que quiconque et il sera toujours là pour moi, quoi qu'il advienne. » (Chapitre 6)

« On Fire », Switchfoot

I'm standing on the edge of me, I'm standing on the edge.

« Pour moi, nous sommes seuls au monde. » (Chapitre 8)

« The Pretender », Foo Fighters

I'm finished making sense, done pleading ignorance.

« Je saute maladroitement par-dessus la barrière et je me précipite, aussi vite que le permettent mes chaussures à talons, vers l'estrade. Deux gardes me rattrapent et me maîtrisent en un clin d'œil. » (Chapitre 9)

« Love Doesn't Last Too Long », The Weepies

And I wish I was wrong, but love doesn't last too long.

« — America, vous êtes émue, j'en ai bien conscience, mais ne baissez pas les bras. Je vous l'ai dit, vous êtes celle qu'il me faut. » (Chapitre 10)

« Hit Me with Your Best Shot », Pat Benatar

You don't fight fair, but that's okay, see if I care.

« Celeste tourne la tête à la seconde où je me jette sur elle. » (Chapitre 11)

« Endlessly », The Cab

I'm no angel, I'm just me, I will love you endlessly.

« — Le ciel est bleu, le soleil brille et Aspen aime America. Ainsi va le monde. » (Chapitre 12)

« The Best Imitation of Myself », Ben Folds

Maybe I'm thinking myself in a hole, wondering who I am when I ought to know.

« Je suis tenue à l'écart, peut-être délibérément. Je fais bonne figure tout au long de l'émission. J'arrive même à congédier mes femmes de chambre sans verser une seule larme. Mais, une fois seule, je m'effondre. » (Chapitre 14)

« Apocalypse Please », Muse

Declare this an emergency. Come on and spread a sense of urgency.

« Mais cette nuit, je sens une urgence en lui, une fébrilité. Il sait que le pire peut se produire durant le raid, que ce pourrait être là notre dernier baiser. » (Chapitre 15)

« Good Time », Owl City
Doesn't matter when, it's always a good time then.
« Je lève ensuite mon verre à nos invitées ; elles poussent des cris de joie, vident leur propre verre d'une traite et le jettent derrière elles, l'envoyant se fracasser contre le mur. Kriss et moi prenons le parti de les imiter. » (Chapitre 19)

« Never Say Never », The Fray
Picture, you're the queen of everything. As far as the eye can see, under your command.
« Je ne sais toujours pas si je serais à la hauteur de ce rôle. Mais je refuse de baisser les bras. Et puis, Maxon a fait preuve d'une telle gentillesse que je ne sais plus que penser. Tant de questions m'assaillent. En tout cas, Je n'ai pas dit mon dernier mot. Pas encore. » (Chapitre 20)

« They Don't Know About Us », One Direction
They don't know what we do best. It's between me and you, our little secret.
« Comme Maxon ne sait pas que nous sommes rivaux, il risque de faire moins d'efforts. Moi, en

revanche, je dois agir dans l'ombre, et je n'ai pas ses moyens faramineux. » (Chapitre 22)

« Believe In What You Want », Jimmy Eat World

Your camera flash on us, meaningless.

«Je n'ai pas encore abordé le sujet du journal avec Maxon. Il est si modeste à ce sujet – le roi qu'il voudrait être, la manière dont il aimerait gouverner son pays –, que je n'ose pas lui poser les questions auxquelles il n'a peut-être pas de réponses. » (Chapitre 24)

« Feeling Sorry », Paramore

And I'm getting bored waiting round for you. We're not getting any younger.

« Votre refus de répondre est inadmissible. Parce que je ne peux pas vous choisir aux dépens d'une jeune femme qui veut la couronne – qui me veut, moi –, si vous décidez de me dire non en fin de compte. » (Chapitre 25)

« That's What You Get », Paramore

If I ever start to think straight, this heart will start a riot in me.

« — Est-ce qu'on se dispute vraiment à cause d'un exposé débile ?

— Non. On se dispute parce que tu ne comprends rien à rien. » (Chapitre 26)

« Ex-Girlfriend », No Doubt

I kinda always knew I'd end up your ex-girlfriend. I hope I hold a special place with the rest of them.

« J'attends qu'il lui ordonne de s'en aller, de se détacher de lui, de le laisser tranquille. Mais non, il ne proteste pas. Au contraire, il l'embrasse goulûment. » (Chapitre 26)

« Brick by Boring Brick », Paramore

We'll dig a deep hole, to bury the castle.

« Je prends une profonde inspiration.

— Je crois que nous devrions mettre un terme au système des castes. » (Chapitre 27)

« Ruled by Secrecy », Muse

Change in the air, and they'll hide everywhere.

« Soudain, l'air est traversé de flèches qui sifflent au-dessus de nos têtes comme autant de guêpes. Un garde tombe en arrière et sa tête frappe le marbre avec un craquement ignoble. À la vue du sang qui jaillit de sa poitrine, je pousse un hurlement. » (Chapitre 28)

« Poison and Wine », The Civil Wars

I don't have a choice, but I still choose you.

« Je dépose un baiser au creux de sa paume, puis sur le bout de ses doigts. Il glisse une main dans mes cheveux et m'embrasse à pleine bouche.

Le feu couve encore sous la cendre, ce baiser le prouve. » (Chapitre 29)

« Mercy », Duffy

Now you think that I, will be something on the side.
« Kriss est ma rivale la plus coriace. Mais elle est aussi ce qui se rapproche le plus d'une amie. » (Chapitre 31)

Imprimé en France par CPI
en décembre 2015

Composition réalisée par Nord Compo
à Villeneuve-d'Ascq

Dépôt légal : mai 2014
N° d'édition : 55211/04
N° d'impression : 132348